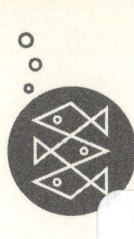

Foto: Evelin Schwab

Deniz Selek wurde in Hannover geboren und wuchs in Istanbul auf. Zurück in Deutschland studierte sie Germanistik und Innenarchitektur. Sie weiß als Deutsch-Türkin, wie es sich anfühlt, in zwei Kulturen zu Hause zu sein. Heute lebt sie als Autorin mit ihrer Familie in Berlin, aber ihr Herz gehört Istanbul, der Stadt voller Zauber und Magie.

Bei Fischer sind von Deniz Selek nicht nur der erste Band der Kismet-Trilogie, ›Oliven bei Vollmond‹, sondern auch die Romane ›Zimtküsse‹ und ›Aprikosensommer‹ erschienen. Weitere Bände sind in Vorbereitung.

Weitere Informationen zum Kinder- und Jugendbuchprogramm der S. Fischer Verlage, auch zu E-Book-Ausgaben, gibt es bei *www.fischerverlage.de*

Deniz Selek

Kismet

Köfte in Flipflops

FISCHER Taschenbuch

Erschienen bei FISCHER Kinder- und Jugendtaschenbuch
Frankfurt am Main, Mai 2016

›Kismet – Köfte in Flipflops‹
erschien zuerst unter dem Titel ›Heartbreak-Family –
Als ein anderer mir den Kopf verdrehte‹

© 2014 S. Fischer Verlag GmbH, Hedderichstr. 114,
D-60596 Frankfurt am Main
Satz: Pinkuin Satz und Datentechnik, Berlin
Druck und Bindung: CPI books GmbH, Leck
Printed in Germany
ISBN 978-3-596-81168-7

Für Matthias

1
Die Prinzessin und das Schaf

»Komm schon«, drängte Ken. »Geh mit mir ins Kino.«

Für eine endlose Sekunde stockte mein Herz, dann schoss es ohne Vorwarnung achtundneunzig Schmetterbälle durch meinen Magen. Unkriegbar. Jedenfalls für mich.

Sie schnitten durch die olivgrünen Wellen, die mich zuvor umgeben hatten. Die mich immer umgaben, wenn Ken in meiner Nähe war. Die immer da waren, ohne dass ich es hätte steuern können. Sie waren ein Teil von ihm und seit einiger Zeit auch von mir. Unsichtbar für andere. Nur ich konnte ihren zarten Schimmer sehen. Wie oft hatte mich dieses Bild schon verwirrt? Wie oft hatte es mich schwindelig gemacht? Und wie oft hatte ich mich danach gesehnt, weil es mir so nah schien, so vertraut?

Doch ich war nicht gemeint. Überhaupt nicht.

Ken saß neben Inés in der Cafeteria, mit dem Rücken zu mir. Es war sehr voll, so dass er mich nicht bemerkt hatte, und ich hielt den Kopf gesenkt, damit das auch so blieb.

Ken und Inés.

Ken, in den ich verliebt war.

Ken, der in Inés verliebt war.

Inés, die in einen anderen verliebt war.

Sie antwortete nicht. Sagte weder ja noch nein. Verstohlen drehte ich mich um, vielleicht konnte ich ja zumindest einen Blick zwischen den beiden erhaschen. Vielleicht konnte ich ja sehen, wie sie ihn anguckte und ob er vielleicht doch eine winzige Chance hatte. Aber sie war bereits aufgestanden und verließ die Cafeteria. Als ich mich nur ein paar Zentimeter weiterdrehte, schmunzelte Ken mich an. Mit seinen schneeweißen Zähnen und den samtschwarzen Augen.

»Na, Kleine?« Er wies auf meinen Salatteller, von dem ich nichts gegessen hatte. »Schmeckt nicht, was?«

»Doch, doch«, stammelte ich. »Warte nur auf Lou.«

»Ach so«, sagte er und stand ebenfalls auf. »Gibst du mir deinen Hausschlüssel? Ich hab gleich zwei Freistunden, und meiner ist bei meiner Mutter.«

»Okay«, seufzte ich. »Hier. Verschussel den bloß nicht!«

»Heiße ich etwa Sepp?«

»Nein, aber du bist sein Sohn! So was ist erblich!«

Ken lachte nur, warf seine Tasche über die Schulter, und ich blieb allein am Tisch zurück. Lustlos stocherte ich im Salat herum. Der Rucola war schlapp, die Gurken trocken und die Tomaten mehlig. Warum baggerte er wieder Inés an? Sie war schließlich mit diesem Mopedfahrer zusammen. Oder nicht? Hatten die sich getrennt? Hatte ich irgendwas verpasst?

Und warum war Lou nicht gekommen, obwohl wir gemeinsam Mittagessen wollten? Nun klingelte es schon zur nächsten Stunde. Missmutig ließ ich den Salat in die Biotonne rutschen.

»Bei dem Zeug bleibt man wenigstens dünn«, sagte Merrie neben mir und kippte auch ihren fast vollen Teller weg.

»Und ich dachte schon, nur der Salat ist heute daneben.«

»Nee«, flüsterte Merrie, mit einem Seitenblick auf die Köchin, die aus der Küche gekommen war und die Auslage mit den Gerichten prüfte. »Alles versalzen. Ich glaub, die ist verliebt.«

»Ist sie das nicht immer?«

»Bei ihren Kochkünsten könnte man das meinen.«

Wir verließen die Cafeteria und gingen über den Schulhof.

»Was hast du jetzt?«, fragte ich.

»Keine Ahnung. Aber ich werde es gleich wissen.« An der Tischtennisplatte lehnte Candice.

»Wo warst du?«, fragte sie Merrie, ohne mich zu beachten. »Ich hab dich überall gesucht.«

»Tschau«, sagte Merrie zu mir und wandte sich an ihre Freundin. »In der Cafete.«

»Und warum hast du nichts gesagt? Ich wär doch mitgekommen.«

»Candy, muss ich mich bei dir abmelden, oder was?«

Grinsend machte ich mich davon.

Candice konnte es nicht leiden, wenn sie Merrie und mich zusammen sah. Nicht, dass das oft vorkam. Nicht, dass sie und ich die besten Freundinnen gewesen wären. Aber es gab Momente, da war es ganz in Ordnung.

Als ich in die Klasse kam, saß Lou neben Jarush, der etwas Hochinteressantes in seiner Tasche gefunden haben musste, denn er steckte bis zu den leuchtend roten Ohren drin. Lou strahlte mich an und ruckte mit dem Kopf auffällig unauffällig zu ihm hin. Das war also der Grund, warum sie mich versetzt hatte.

Herr Borke erschien hinter mir, und ich beeilte mich, von ihm wegzukommen, weil er sich zur Begrüßung oft durch die fettigen Haare fuhr und Schuppen verteilte. Dabei stieß ich mit dem Oberschenkel an Carmens Tisch. Mist, mein nächster blauer Fleck!

Es war in den letzten Monaten mit Lou und Jarush nicht besonders gut gelaufen. Vielleicht hatte sie es nun endlich geschafft? Ich nickte meiner Freundin zu und ging zu meinem Platz. Frida huschte schnell neben mich.

»Hast du gesehen?«, wisperte sie. »Sie sind wieder zusammen.«

»Sicher?«, wisperte ich zurück und beobachtete Lou, die Jarush ins Ohr flüsterte. Bis auf ein paar hellrote Flecken am Hals hatte er seine normale Gesichtsfarbe wieder. Er richtete seinen Blick auf Herrn Borke, ohne Lou anzusehen. Doch sie strahlte trotzdem.

»Ja«, sagte Frida leise. »Sie haben sich hinten an der Werkstatt geküsst.«

Erstaunt fuhr ich zu Frida herum. »Echt?«

»Jannah, Frida!«, ermahnte uns Herr Borke. »Hört auf zu quatschen. Der Unterricht hat begonnen.«

Frida und ich nahmen unsere Bücher heraus und taten aufmerksam.

»Ich hab's gesehen!«, murmelte Frida hinter vorgehaltener Hand. »Irrtum ausgeschlossen!«

Obwohl Lou nur mit mir über die Sache mit Jarush gesprochen hatte, wussten alle Bescheid.

Jarush hatte sich von Lou getrennt, weil ihm die Zeit mit ihr zu lang geworden war und er allein sein wollte. Lou hatte sehr gelitten; sie war tieftraurig und verletzt gewesen. So sehr, dass sie auf ihrer Geburtstagsparty vor der ganzen Klasse einen anderen geküsst hatte. Yunus, aus der Elften. Verstehen konnte das keiner so richtig, Lou selbst am allerwenigsten, weil sie ja nur mit Jarush zusammen sein wollte. Auf meinen Rat hin hatte sie einen Liebeszauber gemacht, der ihn aber auch nicht zurückbrachte. Zumindest bis heute. Ich war neugierig, was passiert sein mochte, dass Jarush nun doch wieder Interesse an Lou zeigte.

Während des Unterrichts sah Lou ständig zu mir rüber, zwinkerte und strahlte, als wären Herr Borke und die anderen gar nicht da. Selbst als Herr Borke ihr wegen des Gehibbels eine Runde frische Luft verordnete, schwebte sie wie ein Christbaumengel aus dem Raum.

Die nächsten zwei Unterrichtsstunden war Lou in einer anderen Gruppe, so dass ich nicht mit ihr sprechen konnte. Dafür verabredeten wir, dass ich nach der Schule mit ihr nach Hause fahren würde.

Die Zeit schlich dahin. Tante Bonnet las uns eine todlangweilige Geschichte im französischen Original vor, von der ich kaum was verstand. Stattdessen dachte ich an Ken und Inés. Irgendwann würde sie nachgeben, ganz klar. Irgendwann würde er sie so weichgekocht haben, dass sie mit ihm ausgehen würde. Und wenn sie dann tatsächlich ja zu ihm sagte, würde ich den Anblick garantiert nicht überleben. Bei der Vorstellung, dass er Inés küsste, wurde mir schlecht. Dann würde ich die Schule wechseln. Mindestens. Als hätten meine Gedanken sie angelockt, ging Inés mit ihrer Freundin Rebecca an unserem Fenster vorbei über den Schulhof. Ihre graue Jacke hing genauso schlaff an ihrem dünnen Körper wie die aschblonden Haare an ihrem Gesicht und der Beutel an ihrer Schulter. Warum sie? Warum? Sie war so nichtssagend, so unscheinbar, dass ich für sie nicht einmal eine Farbe fand. Sie war transparent wie Glas, wie gespannte Klarsichtfolie. Keine Farbe, keine Form, kein Bild. Und ich hatte eigentlich für alles und jeden eine Farbe, weil meine Sinne miteinander verschmolzen waren. Nur Inés war ein Nichts. Zum Glück hatten wir bald Ferien, und ich wusste aus zuverlässiger Quelle, nämlich von Carmen, deren Bruder ihren Mopedtypen kannte, dass Inés mit ihm und seiner Familie an die Ostsee fahren würde.

Danach wären die zwei unzertrennlich, spekulierte ich. So ein Urlaub schweißt doch mächtig zusammen, und dann auch noch mit den zukünftigen Schwiegereltern? Vielleicht standen meine Chancen gar nicht so schlecht, dass sie ihn auch weiterhin auf Abstand halten würde? Wenn sie auch nur ein klitzekleines bisschen für ihn übrig hätte, wäre doch schon längst was passiert, oder nicht?

Als mich Tante Bonnet misstrauisch fixierte, merkte ich erst, dass ich grinste. Eilig beugte ich mich über meine Kladde und kritzelte ein paar Worte mit. Nur noch zwei Minuten Geduld.

Noch im Klingeln warf ich Stift und Block in die Tasche und stürmte zum Schultor, wo Lou bereits wartete.

»Na endlich!«, sagte sie und sah an mir vorbei. »Hat Tante Bonnet überzogen?«

»Nein. Hattest du früher Schluss?«

Lou nickte, ich drehte mich um und bemerkte Neo, der auf uns zugeschlendert kam. Das passte mir jetzt gar nicht, ich wollte mit Lou allein sein, konnte aber nicht einfach weggehen. Dafür mochte ich Neo zu gern.

»Hey!« Neo gab mir und Lou einen halben Kuss auf die Wange. »Wie geht's euch?« Sein Bernsteinblick ruhte auf mir. Wir hatten uns eine Weile nicht gesehen, weil er auf Klassenfahrt in Rom gewesen war.

»Hi«, sagte ich. »Gut.« Neo war in mich verliebt. Zumindest war er es gewesen, bis er gemerkt hatte, dass ich ihm nicht die gleichen Gefühle entgegenbrachte. Er hatte vom Schwimmen eine unglaubliche Ypsilon-Figur und von Natur aus kupfergold schimmernde Augen, die richtig gut zu seiner gebräunten Haut passten. Neo war süß, keine Rakete, aber er hatte was. Und er ging in die Elfte, zwei Klassen über uns. Allein das machte ihn für die eine oder andere unseres Jahrgangs interessant. Ganz besonders aber für May, die nun auch hinzukam.

»Ähm. Hi.« Verlegen irrte ihr Blick von Neo zu mir und von mir zu Lou.

»Hallo, May.« Lächelnd wandte sich Neo ihr zu, gab auch ihr einen angedeuteten Kuss. »Da bist du ja.«

So, als hätte er sie erwartet. Moment, er hatte sie erwartet! Die waren verabredet, und mir versetzte es einen seltsamen Stich. Warum eigentlich? Ich wusste doch, dass May Neo schon lange toll fand. Warum piekste das? Prüfend musterte ich die beiden. May hatte einen rosigen Hauch auf den Wangen, und auch Neo schien sich wirklich zu freuen. So was Blödes!

Lou stieß mich an. »Okay, lass uns los.«

»Ja, klar«, sagte ich hastig.

May und Neo gingen voraus. Sie sah ihn beim

Reden an, und er sah sie an. Sie passten gut zusammen. Die dunkelrote May und der kupfergoldene Neo. Obwohl ich nicht mehr hörte, worüber sie sprachen, ärgerte mich dieses vertraute Miteinander. Und vor allem ärgerte mich, dass es mich ärgerte. Das ging mich gar nichts an!

»Weißt du, was passiert ist?« Lous Gesicht glühte vor Freude und Ungeduld. »Er ...«

»Warte mal«, unterbrach ich Lou. Um den Abstand zwischen ihnen und uns zu vergrößern, zog ich sie zu unserem Kiosk, der auf dem Weg zur Haltestelle lag. Während ich ein Päckchen Kaugummi kaufte, verschwanden May und Neo an der nächsten Ecke, und ich atmete auf.

»So, erzähl!«

Lou kicherte. »Ich weiß gar nicht, wo ich anfangen soll.«

»Eben wusstest du es noch.«

»Ja, nur ...« Nervös schielte sie mich von der Seite an. »Wir haben uns geküsst.«

»Weiß ich doch«, grinste ich. »Und sonst?«

»O Mann, peinlich!«, stöhnte Lou. »Das haben bestimmt wieder zig Leute gesehen, oder?«

Ich nickte. »Macht ja nichts. Die Geschichte, wie es dazu kam, würde mich mehr interessieren. Ganz besonders deshalb, weil du immerhin deine beste Freundin dafür versetzt hast!«

»Ach Shit! Dich habe ich ja total vergessen!«
Lou biss sich auf die Unterlippe. »Tut mir leid,
Jannah.«

»Egal«, sagte ich, »erzähl endlich: Wieso küsst
der dich plötzlich?«

»Tja!« Lou lächelte verschmitzt. »Eigentlich bist
du ja dran schuld!«

»Ich?«

»Ja, genau du!«

»Was hab ich denn damit zu tun?« Ungläubig sah
ich Lou an.

»Der Liebeszauber kam von dir, schon vergessen?«

»Hä?«, machte ich. »Der hat doch gar nichts gebracht.«

»Auf den ersten Blick vielleicht nicht«, schmunzelte Lou. »Auf den zweiten schon.«

»Kannst du bitte mal mit deinem kryptischen
Gefasel aufhören und Klartext reden?«

Lou lachte und berichtete.

Es war kein Wunder, dass der Liebeszauber nicht
gewirkt hatte. Er konnte nämlich zu der Zeit gar
nichts werden, weil Lou, das Schaf, Zahlen ver-
tauscht hatte. Ganz entscheidende Zahlen, wie sie
gestern am späten Abend entdeckt hatte. Sie hatte
ihren Wunschtermin, an dem sie wieder mit Jarush
zusammen sein wollte, mit dem 12. 3. angegeben,

statt dem 3.12. So hatte sich die Erfüllung natürlich satte drei Monate verzögert.

Gestern war nun der Tag der Tage gewesen und Lou noch immer ahnungslos. Als nachmittags ihr Handy klingelte und Jarush fragte, ob sie Lust hätte, mit ihm ins Kino zu gehen, fiel sie fast vom Stuhl.

»Okay, den Rest kann ich mir vorstellen.« Mein Tipp war also doch erfolgreich gewesen. »Aber, was hat Jarush gesagt, warum er gerade gestern angerufen hat? Ich meine, er wusste ja nichts von unserer kleinen Nachhilfe.«

»Nichts«, grinste Lou. »Er sagte nur, er hätte mich vermisst und spontan angerufen, ohne darüber nachzudenken.«

»Von wegen spontan, der arme Kerl! Verzaubert und nix gemerkt. Fast tut er mir leid.«

»Aber nur fast«, gluckste Lou zufrieden. »Schließlich will ich ja nur sein Bestes!«

»Eben«, lachte ich. »Hoffentlich kriegst du das auch.«

»Gegen echte Hexen wie wir kommt er eh nicht an!«

»Ich fürchte, du hast recht.«

Schnell sprangen wir die Stufen zur Haltestelle hinab, weil wir die U-Bahn einfahren hörten, und rannten zum nächsten Waggon. In der Tür stand

Samuel aus unserer Klasse, der seine Kippe auf die Gleise schnippte und den letzten Rauch ausblies. Mir direkt ins Gesicht.

»Mann«, schimpfte ich und sprang auf die Stufe. »Puste dein Zeug gefälligst woandershin, ja?«

»Das ist Magic Dust«, grinste Samuel, »um dich in mich verliebt zu machen!«

»Pech, falsches Rezept! Lass uns mal durch.«

»Aber sicher, Prinzessin. Tritt ein. Sorry, dein roter Teppich ist grad in der Reinigung.«

Lou lachte atemlos, ich boxte Samuel in die Seite und warf mich auf einen der Viererplätze in der Mitte des Wagens.

»Ich sollte unbedingt mit Laufen anfangen!«, japste Lou neben mir. »Was meinst du?«

»Mach doch. Aber ohne mich, ich bin fit genug.«

»Schade, ich dachte, wir könnten zusammen ...«

»Ich könnte mit dir laufen.« Samuel setzte sich uns gegenüber. »So als Trainer.« Er beugte sich vertraulich vor. »Natürlich nur, wenn Jarush es erlaubt.«

»Tss«, machte Lou. »Kommst du klar?«

»Du nervst«, sagte ich.

»Das denkst du nur«, lächelte Samuel sanft. »Aber es ist nicht, wie du denkst. Du weißt es nur noch nicht!« Immer wieder zog er am langen

Reißverschluss seiner Tasche. *Sssssst.* Auf. *Sssssst.* Zu. *Sssssst.* Auf. *Sssssst.* Zu.

»Und du weißt nicht, was ich tue, wenn du nicht sofort damit aufhörst«, drohte ich. »Schieb ab.«

Aber meine Stimme war nicht fest genug. Ich merkte es selbst. Mir fehlte das entscheidende Quäntchen Ernst, das spürte Samuel natürlich auch und störte uns so lange, bis wir endlich aussteigen konnten. Er winkte uns aus der anfahrenden Bahn.

»Geht das eigentlich jeden Tag so?«

»Jeden«, nickte Lou. »Und jeden Tag nervt er mit was anderem.«

»Würde mich irre machen.«

»Macht's mich auch. Selbst wenn ich in einen anderen Wagen einsteige oder weggehe und mich woanders hinsetze. Er kommt immer hinterher.«

»Du kannst Männer haben«, grinste ich. »Überhaupt: Was ist eigentlich mit Yunus? Hast du ihn nach der Rom-Fahrt schon gesehen?«

»Ja, kurz von weitem«, sagte Lou. »Ich glaube, dem geht's gut. Er ist jetzt öfter mit einer von der IGS unterwegs.«

»Hoffentlich muss er da nicht wieder auf die Ersatzbank.«

Lou sah mich vorwurfsvoll an. »Du bist so fies!«

»Also, ich finde, ich bin eher mitfühlend.«

»Na klar! Fragt sich nur, mit wem du fühlst?«
Sie schubste mich vom Bordstein, so dass ich einen
unkontrollierten Schritt auf die Straße machte.
Ein Auto hupte, und Lou riss mich erschrocken
zurück.

»He«, schimpfte ich. »Was machst du denn? Ich
hab dir gestern das Leben gerettet!«

»Ähm … ja«, stammelte sie. »Und ich dir heute!«

2
Eine Zwangsjacke für Liebeszauber

Während des ganzen Nachmittags, eigentlich schon von dem Moment an, als Lou mir von den vertauschten Zahlen und Jarushs Anruf erzählt hatte, beschäftigte mich nur ein einziger Gedanke. Der Liebeszauber für Ken und mich. Ich hatte ihn nie gemacht, weil ich wollte, dass Ken mich aus freien Stücken wollte, sich ganz von allein in mich verliebte und nicht, weil ich irgendeinen Hokuspokus veranstaltete. Vielleicht hatte ich es bisher auch vermieden, weil ich ein bisschen Angst vor seiner Wirksamkeit hatte. Meine türkische Oma hatte das immer gesagt. Der Liebeszauber war ein mächtiges Instrument, und Lou hatte gerade bewiesen, dass er funktionierte. Und wie! Es war erschreckend!

Aber was, wenn seine Kraft plötzlich nachließ und Jarush sich, wie aus einem Traum erwacht, wieder von Lou trennen würde? Wenn das alles ein kurzes Strohfeuer war, nur um dann für ewig zu erlöschen? Ich beschloss, erst einmal abzuwarten, bevor ich mein eigenes Schicksal herausforderte. Vielleicht bis nach den Osterferien, die wir alle zusammen in der Türkei verbringen würden. Mit unserer seltsamen Familie, die ja eigentlich gar keine war, zumindest noch nicht. Erst im Sommer, wenn Croc auf die Welt kam, würde aus uns so etwas wie eine Familie werden. Ich hatte den Zwerg im Bauch meiner Mutter heimlich so getauft. Croc würde jeden Einzelnen von uns mit den anderen verbinden. Auch mich und Ken. Oder sollte ich den Zauber lieber doch noch vor den Ferien erledigen, bevor Croc aus uns Bruder und Schwester machen würde? Ja, das sollte ich!

Entschieden drückte ich auf die Klingel und stieg nach dem Öffnen der Haustür in den ersten Stock zu unserer Wohnung hinauf.

»Halloho«, rief ich beim Ausziehen meiner Jacke.

»Hallo Güzelim, du bist spät dran heute.« Meine Mutter hantierte in der Küche. Ken kam aus seinem Zimmer und lehnte sich mit verschränkten Armen an die Wand.

Ich hob einen der Stiefel auf, der vom Regal gerutscht war, und stellte ihn aufrecht neben den anderen. Umgedrehte Schuhe brachten Unglück. Das hatte mir schon einmal den Abend versaut, als Merrie, ich und meine Mutter Geister beschworen hatten.

»Na, hab ich alles richtig gemacht?«, fragte ich spöttisch.

»Ja, fein«, grinste Ken. »So isses fein!«

Ich streckte ihm die Zunge raus.

»Und so einen hübschen Lappen hat sie … nein, wie süß.« Er fuhr seine langen Finger nach mir aus. »Komm, putt, putt, zeig's noch mal!«

»Du fängst dir gleich eine!«, grunzte ich, konnte aber ein Schmunzeln nicht verhindern. Ken würde mich nie ernst nehmen. Nicht, wenn ich weiterhin so kindisch war. Inés streckte bestimmt nie jemandem die Zunge raus.

»Helft ihr vielleicht auch mal mit, oder was?« Merrie guckte aus der Küche, eine Handvoll Besteck kampfbereit erhoben.

»Oha, Mutti schimpft«, flüsterte Ken mir unüberhörbar zu. »Nun aber schnell!«

»Ich kann dich gern ein bisschen pieken, dann bist du noch schneller.« Merrie hatte eine der Gabeln auf Ken gerichtet. Der wich zurück, Merrie hinterher. Langsam schlichen sie umeinander herum, bis Ken abwehrend die Hände hob.

»Aber Mutti!« Mitleidig sah er seine Schwester an. »Gewalt ist doch auch keine Lösung, lass uns drüber reden.«

»Ach, was.« Merrie schenkte ihm ihr freundlichstes Lächeln. »Ich spieß dich kurz auf, dann haben wir zum Salat noch 'ne Fleischbeilage.«

»Oha! Hast du das gehört?«, fragte Ken in

meine Richtung. »Ich wusste es! Sie ist Kanniba-lin!«

»Ken, Schluss jetzt!« Sepp gab seinem Sohn von hinten einen Klaps. »Mithelfen! Sofort!«

»Aua«, jammerte Ken. »Und dann den Gorilla holen! Typisch!«

»Gorilla?! Na warte!« Mit einem raschen Griff nahm Sepp seinen Sohn in den Schwitzkasten und tockte mit seinen Knöcheln auf Kens Kopf. »Kla-rer Fall von fauler Nuss.«

»Aaaahhhh!« Ken versuchte sich zu befreien und lockte mit seinem Geschrei meine Mutter in den Flur, die gleich ausweichen musste, um bei dem Gerangel keinen verirrten Schlag abzubekommen. Schützend hielt sie die Hände vor ihren kugelrun-den Bauch.

»Es tut mir so leid für dich, mein Kleiner. Die sind komplett verrückt. Alle beide.«

Der Kampf dauerte einen Moment, bis Sepp Ken auf den Boden drückte und sich auf ihn setzte. Kens Arme zwischen seinen Beinen eingeklemmt wie in eine Zwangsjacke.

»Noch schaffst du mich nicht, Junge«, lachte Sepp stolz. »Noch nicht!«

»Ich hab dich gewinnen lassen, Sepp.« Ken zwin-kerte ihm zu. »Damit du dich nicht so alt fühlst!«

In den nächsten Tagen beobachtete ich Jarush ganz genau, doch an seinem Verhalten änderte sich nichts. Manchmal schien es ihm noch peinlich zu sein; besonders, wenn Lou zu viel an ihm rumzuzelte und sich seine Freunde deswegen über ihn lustig machten. Trotzdem hatte er schnell zu seiner alten Art zurückgefunden. Er liebte Lou. Er war mit ihr zusammen. Das war immer so gewesen und würde immer so sein. Fertig. Jarush hatte nie viel Aufhebens davon gemacht, und das tat er auch jetzt nicht. Das Bild der beiden, Hand in Hand, Arm in Arm, war mir so vertraut, dass ich oft vergaß, dass einige Monate Trennung zwischen ihnen lagen.

Eigentlich stand meinem magischen Vorhaben nun nichts mehr im Weg. Außer mir selbst. Ich hatte alle Zutaten und Hilfsmittel besorgt und konnte mich doch nicht überwinden. Irgendetwas bremste mich. Lou fragte ständig, ob ich es endlich getan hätte. Jedes Mal schüttelte ich den Kopf, und zwei Tage vor den Ferien sagte ich einfach ja, damit sie mich in Ruhe ließ. Danach wurde es jedoch noch schlimmer. Sie hörte gar nicht mehr auf, über den Liebeszauber zu reden.

»Jarush ist so süß geworden«, schwärmte sie. »Du kannst es dir nicht vorstellen, es ist alles noch tausendmal schöner als früher. Na, du wirst es ja bald selbst sehen.« Sie rieb sich voller Vorfreude die Hände. »Ach Jannah, ich beneide dich total. Du wirst die besten Ferien von allen haben; das wird so romantisch: Strand, Meer und Sonnenuntergang und ... Ken! Vielleicht machen wir danach ja auch mal was zu viert, was meinst du?«

Lou wartete meine Antwort gar nicht erst ab, sondern sprach einfach weiter. »Wenn's wärmer ist, könnten wir doch mit den Jungs zum Baggersee, oder ...? Sag doch mal, Jannah!«

Ich war richtig dankbar, als es zur nächsten Stunde klingelte und Englisch bei Herrn Lorzing begann. Selbst sein unangekündigter Vokabeltest schockte mich nicht mehr. So mussten wir wenigstens still sein. Ich schaffte nur drei Viertel des Arbeitsblatts, aber das war mir egal. Hauptsache, ich musste nie wieder das Wort Liebeszauber hören.

Nach Schulschluss war ich mit meinem Vater verabredet, und Lou begleitete mich noch zum Eingang. Schon von weitem sah ich ihn in der braunen Lederjacke an seinem Geländemotorrad stehen, zwei Helme am Lenker. Er strich sich die braunen Haare aus dem Gesicht und blinzelte entspannt in die Frühlingssonne.

»Dein Vater sieht so gut aus«, flüsterte Lou mir zu. »Und er ist total cool.« Mein Vater wusste um seine Wirkung auf dem Motorrad, deshalb fuhr er auch ständig damit. Und genau deshalb mochte ich es lieber, wenn er mich mit dem Auto abholte, damit bloß niemand denken könnte, er wäre mein Freund.

»Ja, ja«, winkte ich ab. »Er ist nicht cool. Er ist alt!«

»Was bist du denn so zickig?«, fragte Lou. »Hab ich dir was getan?«

»Nein, es ist nur wegen Englisch«, log ich. »Ich glaub, ich habe es vermasselt.«

»Ach Quatsch«, beruhigte mich Lou. »Das sagst du jedes Mal, und nachher hast du doch wieder eine Zwei.«

»Diesmal nicht«, sagte ich.

Ein Stück vor uns ging Frau Weller, unsere neue Kunstlehrerin. Ich ahnte, dass mein Vater sie bemerken würde, sie war schlank und hatte lange blonde Haare. Wie seine Freundin Valerie. Als er ihr dann wirklich nachsah und Lou zu kichern begann, wurde ich wütend. Am liebsten hätte ich kehrtgemacht, doch dafür war es zu spät. Er hatte uns entdeckt und winkte. »Hallo, Jannah! Hierher!«

Als ob ich blind wäre!

Ich verlangsamte meine Schritte und versuchte einen möglichst neutralen Gesichtsausdruck. Ich war nicht sicher, ob er mir gelang. Jetzt lächelte er uns beiden zu. Lou lächelte zurück. »Hallo«, sagte sie schüchtern.

»Na, ihr beiden? Wie ist es?« Mein Vater nahm mich in den Arm und gab mir einen Kuss auf die Wange, ich hielt mich an meiner Tasche fest.

»Geht«, sagte ich. »Wir haben gerade Englisch geschrieben.«

Er lachte. »Ach, deshalb ziehst du so einen Flunsch. Dann ist es wohl nicht so gut gelaufen, oder?«

»Glaub nicht.«

»Macht nichts, Janni. Für die nächste Arbeit können wir zusammen lernen. Ich helfe dir, okay?«

»Hmm«, machte ich nur. Darüber wollte ich jetzt gar nicht sprechen. Nicht vor Ken, der sich gerade mit Rouven und Agostino vor das Schultor gestellt hatte. Ken grinste, Rouven rauchte, und Agostino schwabbelte wie immer vor sich hin.

»Tschüs, Lou. Bis morgen.« Rasch griff ich nach meinem Helm. »Können wir dann?« Schon saß ich hinten drauf.

»Ja, klar.« Mein Vater setzte ebenfalls seinen Helm auf und trat die Maschine an. Ein paar Schüler sahen bei dem lauten Geknatter neidisch zu uns rüber. Ken beobachtete uns.

»Halt dich fest.«

Oh, bitte, das nicht auch noch! Mir blieb auch

keine Peinlichkeit erspart! Mein Vater gab Gas und riss im Fahren das Vorderrad hoch, so dass wir ein gutes Stück auf dem Hinterrad fuhren. Trotz des Motorlärms hörte ich hinter uns noch begeistertes Gejohle und Geklatsche. Auf diese Show hätte ich gern verzichtet!

Während der langen Fahrt zu Keilriemen-Otto, unserem Lieblingscafé im Wald, dachte ich darüber nach, was eigentlich schiefgelaufen war zwischen meinem Vater und mir. Warum ich jetzt so oft böse auf ihn war. Das war früher nie so gewesen. Noch vor ein paar Monaten hatte ich ihm von den vielen Veränderungen mit meiner Mutter und Sepp erzählt. Hatte mir alles von der Seele gesprochen, was mich bedrückte und beschäftigte. Sogar das mit Ken, und er war ruhig und verständnisvoll gewesen. Ich hatte ihn immer in Schutz genommen, wenn meine Mutter über ihn schimpfte, doch in der letzten Zeit gelang mir das nicht mehr. Seitdem ich zufällig in seiner Wohnung mit Valerie zusammengetroffen war und er nachher behauptete, das sei nichts Ernstes. Da hatte es einen Bruch zwischen uns gegeben. Es war einfach gelogen, und das kränkte mich.

Ich wäre sicher nicht so sauer gewesen, wenn er sie mir von sich aus vorgestellt hätte. Wenn er gesagt hätte: Jannah, das ist meine Freundin! Statt heimlich zu tun. Er fuhr ständig zu ihr nach Berlin, und sie kam oft nach Hannover. Und ich hatte keine Ahnung, wie lange das schon lief. Er hatte es mir bis heute nicht gesagt. Als wäre ich ein kleines Kind, dem man nichts anvertrauen konnte. Das verletzte mich, weil ich es nicht verstand.

Trotz des sonnigen Wetters biss mir der Fahrtwind ins Gesicht und zog am Hals in meine Jacke, die ich bis oben geschlossen hatte. Mein Schal fehlte mir. Ich fröstelte.

Die ersten Schlüsselblumen guckten bereits durch das matschige Laub am Straßenrand. Auch ein paar Kirschbäume hatten ihre Blüten ausgeschickt und leuchteten rosa und weiß in den Vorgärten. Als wir an einem Birkenwäldchen vorbeifuhren, begann meine Nase zu kribbeln. Ich reckte sie in die Sonne und nieste herzhaft. Tolles Gefühl. Niesen. Gleich noch mal. Dabei stieß ich mit dem Kopf an den Helm meines Vaters. Meine Nase lief, ich hatte kein Taschentuch und musste hochziehen.

»Alles klar, Jannah?«, fragte mein Vater dumpf.

»Ja«, schniefte ich. »Geht schon.«

»Wir sind gleich da«, sagte er und lenkte die Maschine in den Feldweg, der zum Café führte. Das letzte Stück durch den Wald mochte ich am liebsten. Hier duftete es so gut nach Harz und Tannen. Dabei fiel mir unser erstes gemeinsames

Weihnachtsfest ein und das, was Ken mir ins Ohr geflüstert hatte. Sein Gänsehaut-Schokokuss-Satz, an den er sich wahrscheinlich gar nicht mehr erinnerte.

Mein Vater hielt vor dem niedrigen alten Holzzaun, der Ottos Grundstück umgab. Auch hier war schon der Frühling ausgebrochen, Tische und Stühle standen im Garten und warteten auf Gäste. Otto und seine Frau Inge hatten drei Plätze mit Tischdecken und Kissen gedeckt. Die beiden alten Leute saßen auf einer Bank vor ihrem verwitterten Haus und freuten sich über unser Kommen.

»Ach, wie schön«, rief Inge. »Jetzt weiß ich, für wen ich heute den Apfelkuchen gebacken habe.« Ich lächelte.

»Hallo Gero«, begrüßte Otto meinen Vater. »Ihr wart lange nicht mehr da, mein Junge!«

Otto wirkte noch älter als sonst, seine helle Haut spannte über den Gesichtsknochen, die Augen saßen tief in ihren Höhlen. Nachdenklich strich er mir über den Kopf. »Lang sind sie geworden«, sagte er, »deine Haare.«

Mir wurde ganz komisch. Es stand ein feiner Dunst in der Luft, der Otto einzuhüllen schien. Eine Art Nebel, der ihn verblassen ließ. Ich sah ihn an, und auch er hatte seine Augen auf mich gerichtet, doch er sah mich nicht wirklich. Otto sah weit in die Ferne. Sehr weit. Außer mir bemerkte das offenbar niemand. Mein Vater scherzte mit den beiden wie immer, doch ich hatte das Gefühl, dass ich Otto heute das letzte Mal sehen würde. Ich wandte mich ab und war froh, dass ich wieder niesen musste. Da brauchte ich meine brennenden Augen nicht zu erklären.

»Hast dich erkältet, Mädchen?«, fragte Inge. »Ist auch nix, bei dem Wetter auf dem Moped. Ist doch noch viel zu kalt.«

»Nein, nein«, sagte ich. »Das ist es nicht. Ich hab Heuschnupfen.«

»Du Ärmste«, sagte Inge. »Wart, ich geb dir rasch ein Taschentuch.«

Ich folgte Inge ins Haus, wo sie mir ein Päckchen in die Hand drückte. »Was ihr Kinder heutzutage für Krankheiten kriegt«, sagte sie kopfschüttelnd. »So was gab's bei uns damals nicht.«

Mein Vater und ich setzten uns an unseren Tisch, zwischen den Apfelbaum und die Weidenkätzchen, von denen ich jedes Frühjahr einen flauschigen Knubbel mitnehmen durfte.

»Wie geht's Suzan?«, fragte er.

»Gut«, sagte ich. »Dass sie schwanger ist, weißt du ja.«

»Ja«, nickte mein Vater. Ein bitterer Zug saß in seinen Mundwinkeln. »Hat mir Rezzo erzählt.«

Er schwieg, und ich wusste auch nichts zu sagen. Es war unbehaglich. Inge brachte uns den Kaffee und Kuchen. Otto blieb auf der Bank sitzen und lächelte uns freundlich zu.

»Und wie ist es so mit deinem Ken?«

Hätte ich meinem Vater nur nichts davon erzählt! Jetzt benutzte er es einfach als Pausenfüller.

»Er ist nicht mein Ken!«

»Sehr schade«, sagte er, als würden wir über meine versemmelte Englischarbeit plaudern. »Aber vielleicht wird er das ja noch?«

»Papa, bitte! Hör auf!«

»Womit denn?«, fragte er ärgerlich. »Ich habe dir eine ganz normale Frage gestellt! Das wird ja wohl gestattet sein!«

»Nein! Das hast du nicht!«, widersprach ich. »Du lenkst nur ab, weil es dich nervt, dass Anne noch ein Kind kriegt und du nicht der Vater bist!«

»Sag mal, drehst du jetzt völlig frei?!« Mein Vater kniff die Brauen zusammen, so dass seine blauen Augen in schmalen Schlitzen verschwanden. »Was soll das, Jannah?« Er war richtig wütend, aber das war mir gleich. Ich war genauso wütend.

»Warum hast du mir eigentlich nicht erzählt, dass Valerie deine Freundin ist?«

»Ich weiß zwar nicht, wie du darauf kommst«, blaffte er, »aber ich habe es dir sehr wohl erzählt!«

»Ja«, lachte ich spöttisch, »als sie mir halbnackt entgegenkam und du es nicht mehr abstreiten konntest!«

»So, jetzt reicht's!« Mein Vater sprang auf. »Ich bringe dich nach Hause.« Er zog einen Geldschein aus der Hosentasche und verabschiedete sich schnell von Inge und Otto, die uns verwundert ansahen. Mir blieb nur noch ein Schulterzucken in ihre Richtung.

Er ließ den Motor aufheulen und wartete kaum, bis ich auf dem Sozius saß. Die Tasche schlenkerte an meiner Hüfte, während wir über den Feldweg hoppelten. Ich hielt mich am hinteren Metallgriff fest, um ihn nicht anfassen zu müssen. Einmal wäre ich fast runtergefallen, als die Maschine im weichen Sand einer Kuhle stoppte und ausging. Mein Helm prallte an den meines Vaters. Fluchend trat er wieder auf den Kickstarter, gab Gas und preschte durch den Wald zur befestigten Straße, wo ich aufatmete. Nun konnte ich wenigstens in die Landschaft gucken, ohne auf Hindernisse achten zu müssen. Die Fahrt dauerte unerträglich lange. Natürlich. Einen Moment überlegte ich, ob es ein Fehler gewesen war, meinen Vater mit den Dingen zu konfrontieren, die mich geärgert hatten. Aber selbst wenn, ich hatte es nicht steuern können. Es war aus mir herausgeplatzt. Außerdem wusste ich, dass ich recht hatte. Er hätte ja auch anders reagieren können. Hätte offener und gelassener sein können, anstatt gleich auszurasten. Das war der Beweis dafür, dass ich ins Schwarze getroffen hatte.

Irgendwann kamen wir dann doch im Magnolienweg an, und ich rutschte sofort vom Sitz.

»Alles klar, Jannah«, sagte mein Vater knapp. »Dann schönen Urlaub. Tschüs.« Und weg war er.

3
Bunte Sippe herzlich willkommen

»Merrie!«, schimpfte Sepp. »Das Taxi steht schon seit zehn Minuten vor der Tür. Jetzt mach gefälligst hin!«

Ich schob mich mit meiner Reisetasche an ihm vorbei.

»Jaha«, tönte es aus dem Badezimmer. »Was kann ich dafür, wenn Jannah mein Lipgloss ...« Sie kam heraus, und Sepp unterbrach sie sofort.

»Jajaja! Los, sonst verpassen wir noch den Flieger.« Er schob uns aus der Wohnungstür, fingerte an seiner Jackentasche und fluchte.

»Himmel, das kann doch nicht wahr sein.« Er stellte den Koffer hin und tastete seine Hosentaschen ab. »Wo ist der denn?«

»Wohnungsschlüssel?«, fragte ich, doch Sepp antwortete nicht. Knurrend suchte er weiter. Ich griff in meine Tasche.

»Hier, nimm den solange.«

Sepp schloss ab, gab mir meinen Schlüssel und scheuchte uns, als hätten wir die erneute Verzögerung verursacht.

Merrie funkelte mich an, während wir unser Gepäck nach unten trugen.

»Ich weiß nichts von deinem Lipgloss«, sagte ich unschuldig. »Das silberne ist meins.«

»Das stimmt doch gar nicht!«, meckerte sie. »Du hattest das rosane. Das silberne gehört mir!«

Ich schüttelte den Kopf, und Merrie geriet in Wallung.

»Na klar! Das hat mir meine Mutter geschenkt!«

»Ich hab mir das gerade vor ein paar Tagen gekauft«, beharrte ich. »Wahrscheinlich hast du es bei deiner Mutter vergessen. Oder verlegt, passiert dir ja manchmal.«

Merrie kniff die Lippen zusammen und stieg ein. Der Fahrer verstaute unsere Taschen, schloss die Klappe, und ich musste zwischen Sepp und Ken sitzen.

»Mach dich nicht so fett«, sagte ich, weil Kens Oberschenkel meinen berührte.

»Du hast doch Platz ohne Ende«, gab er zurück und blieb breitbeinig sitzen. Es war nicht unangenehm, aber sonst achteten wir darauf, uns nicht zu nah zu kommen. Und hier spürte ich auf einmal viel zu viel von ihm. Er verstopfte seine kleinen afrikanischen Ohren mit Kopfhörern und sah während der Fahrt aus dem Fenster. Mit seinem Bein an meinem. Ich versuchte, es zur Seite zu schieben, doch er hielt dagegen, um mich zu ärgern. Das sah ich ihm an.

Ich schlug meine Beine übereinander und rückte etwas näher zu Sepp, mit dem Erfolg, dass Ken sich noch breiter machte.

Und dann tönte aus dem Radio auch noch *Underneath your clothes* von Shakira, mein geheimer Draht zu Ken. Natürlich nur, wenn ich allein war und das auch wollte. Nicht so. Nicht vor den anderen und vor allem nicht mit Kens Bein an meinem. Ich merkte, dass ich rot wurde, besonders beim Refrain, bei dem sie von der unendlichen Geschichte unter seinem Shirt sang. Mist.

Ich brauchte bloß eine winzige Bewegung zu machen, nur eine Kurve mitzugehen, einzuatmen, und die Wellen bauten sich in weichen olivgrünen Kaskaden vor mir auf und rollten über mich hinweg. Ich wollte seinen Geruch nicht wahrnehmen, wollte keine Ganzkörpergänsehaut. Ich konnte diese Bilder jetzt nicht gebrauchen. Krampfhaft hielt ich mein Gesicht gesenkt. Hoffentlich merkten Sepp, meine Mutter oder Merrie nichts. Aber Merrie erlöste mich, als sie den Fahrer um einen anderen Sender bat.

Vor Erleichterung musste ich niesen. Ken bewegte sich keinen Millimeter, so dass ich kaum die Taschentücher aus der Jacke bekam. Meine Mutter hatte mir Heuschnupfentabletten gekauft, weil meine Augen seit dem missglückten Ausflug mit meinem Vater ständig juckten und ich nicht aufhören konnte zu reiben. Doch wenn ich das tat, sah ich aus wie drei Tage Dauerheulen. In der Eile heute Morgen hatte ich vergessen, sie einzunehmen. Die Packung war zwar in meiner Tasche, aber mir fehlte etwas zu trinken. Außerdem wirkte das Mittel nicht sofort. Ich schnaubte so zaghaft wie möglich ins Taschentuch und tupfte mit dem nächsten vorsichtig an meinen Augenwinkeln herum. Mit großer Selbstbeherrschung konzentrierte ich mich auf die Scheibenwischer, die den einsetzenden Regen in zwei Bögen teilten.

»Wir fahren genau zur richtigen Zeit«, lächelte meine Mutter. Sepps Hand lag auf ihrem Bauch.

»Hoffentlich strengt es dich und den Kleinen nicht zu sehr an«, sagte Sepp. »Warst du noch mal bei der Ärztin?«

»Ja, sicher«, nickte meine Mutter. »Es ist alles bestens, wir können unbesorgt fliegen.«

»He«, Sepp zuckte zusammen. »Er hat mich getreten. Hast du es gemerkt, der Kleine hat mich getreten?!«

»Ja«, lachte meine Mutter. »Natürlich habe ich das gemerkt. Der Bengel wird Fußballer.«

Als ich wieder niesen musste, nahm ich die Tabletten und den Schlüsselanhänger heraus, den Lou mir gestern geschenkt hatte. Einen Liebesengel mit Pfeil und Bogen. Ich fummelte ihn an meinen Schlüsselbund und schluckte eine der Heuschnupfenpillen trocken runter. Lou hatte mich am letzten Tag in der Schule derartig verrückt gemacht, dass wir uns zum Abschluss fast noch gestritten hätten.

Sie wollte, dass ich ihr jeden Tag eine SMS schrieb, mit allem, was geschah. Als ich mich weigerte, war sie beleidigt, und ich musste ihr versprechen, zumindest alle zwei oder drei Tage zu schreiben. Ich hatte zugestimmt, wusste aber, dass ich es nicht einhalten würde.

Am Flughafen war die Hölle los. Die ganze Stadt schien über Ostern wegfliegen zu wollen. Wir tauchten ins Gewimmel ein, suchten unseren Abflugschalter und mussten einmal quer durch das ganze Flughafengebäude laufen, weil wir uns im falschen Abschnitt befanden.

Als uns die Leute interessiert musterten, wurde mir zum ersten Mal bewusst, was wir für einen Anblick boten. Fünf Menschen mit heller und dunkler Haut, eine südländische Schwangere, ein Mädchen mit langen roten Haaren, eins mit schwarzen Korkenzieherlocken, ein Junge mit Dreads und ein Halbafrikaner mit Glatze. Wer gehört hier zu wem, wie hängt das zusammen, fragten ihre Blicke. Das machte mich stolz. Diese Neugier auf unsere bunte Sippe.

Sepp und Ken stellten sich mit dem Gepäck in die Schlange, meine Mutter, Merrie und ich saßen in der Wartezone. Merrie spielte Sudoku auf ihrem Handy, meine Mutter lächelte mit den Händen auf ihrem Bauch vor sich hin. Auf welcher Wolke sie schwebte, wusste ich nicht. Sie war auf jeden Fall nicht von dieser Welt. Vielleicht auch ganz gut so, denn es dauerte wirklich lange, bis wir endlich einchecken konnten. Doch dann ging alles ganz schnell, und wir liefen durch die Fluggastbrücke zum Flieger.

Ich hatte einen Platz allein, am Notausgang über den Tragflächen. Ganze fünf Minuten lang, bis ein Typ vor mir stand, groß, mit gesträhnten Haaren, Dreitagebart und schwarzer Ray Ban auf der Nase. Er nahm mir die Sicht auf Ken und Merrie, die nur durch den Mittelgang getrennt neben mir saßen. Sepp war mit meiner Mutter weiter hinten in der Maschine. Ich betete, dass er nicht ... Doch während ich es dachte, verglich er seine Bordkarte mit der Sitznummerierung, und seine Zähne leuchteten grellweiß auf. »Ey, krass geiler Platz hier.«

Ich war nicht sicher, was er meinte, die Beinfreiheit in der Mitte des Flugzeugs oder den Platz neben mir, weil er seine Brille in die Haare steckte und mich anstrahlte. Sein Alter konnte ich nicht einschätzen. Irgendwas zwischen Ken und Sepp. Ich sagte nichts. Das ernüchterte ihn wohl, denn seine Zähne verschwanden, und er setzte sich ohne ein weiteres Wort neben mich auf den Fensterplatz. Ken grinste in gespielter Anerkennung zu mir rüber, beide Daumen erhoben. Auch Merrie lachte. Der Typ bekam davon nichts mit. Er vertiefte sich in seine Zeitschrift. Er sah auch nicht auf, als sich die Maschine aus der Parkposition löste, aufs Rollfeld fuhr und startete.

Ich kaute Kaugummi gegen das Knacken im Ohr, und Ken streckte seine Hand aus. »Gib mir auch mal einen.«

Ich nahm einen Streifen, behielt ihn aber in der Hand. »Wie heißt das Zauberwort?«

»Sofort!«

Ich legte den Kopf schief und sah ihn an.

»Bitte!«

»Geht doch«, sagte ich. »Hier.«

Ken kaute mit offenem Mund, bis ihm Merrie einen Schlag versetzte. »Hör auf, du bist ekelhaft.«

Er gähnte gelangweilt. »Wann gibt's was zu essen?«

»Du hast doch gerade gefrühstückt«, fuhr Merrie ihn an.

»Na und?«, gab er zurück. »Ich bin in der Pubertät und habe einen extrem hohen Energiebedarf.«

»Was redest du für einen Schwachsinn?« Merrie schüttelte den Kopf.

»Ach, Mädchen« seufzte er. »Du hast einfach keine Ahnung. Ein so aktiver Typ wie ich muss mindestens 4000 Kalorien am Tag kriegen.«

»Dann brauchst du nächstes Jahr aber zwei Sitze!«, lachte ich.

»Boah, seid ihr schlicht«, stöhnte Ken, und eine Frau hinter ihm mischte sich ins Gespräch ein.

»Da hat euer Freund schon recht«, bestätigte sie. »Weil …« Bevor sie weitersprechen konnte, kam eine Flugbegleiterin und verteilte Sandwiches in Plastikfolie.

Ich warf einen Blick auf das weiche Weißbrot, aus dem eine Scheibe Tomate mit Remoulade quoll, und reichte es gleich an Ken weiter. »Hier, für deinen extremen Bedarf.«

»Danke.« Er griff erfreut zu.

»Obst und Rohkost wären aber besser«, sagte die Frau hinter Ken, doch keiner von uns reagierte. Ein dicker Mann neben ihr kaute geräuschvoll. Ob die beiden zusammengehörten? Der Zähnetyp lehnte das Sandwich ebenfalls ab und las weiter.

Während die anderen aßen, sah ich über ihn hinweg aus dem kleinen Fenster. Die Wolken bauschten sich unter uns wie Schneegebirge im blauen Himmel. Und wie immer überkam mich das Bedürfnis, darüberzulaufen. Oder mit kleinen Schritten darüber hinwegzutänzeln, nur mit einem winzigen Antippen, zart und schwerelos.

Streetdance war langweilig geworden nach der tollen Aufführung vor Weihnachten. Frau Meisner hatte uns eine neue Choreographie versprochen, doch bei jedem Training vertröstete sie uns, weil sie eine eigene private Tanzgruppe gegründet hatte und keine Zeit mehr dafür fand.

Dafür erzählte Merrie viel von ihrer Musical-Gruppe, in der sie alle paar Wochen etwas Neues einstudierten. Sogar ein Casting hatten sie schon gehabt, weil eine Tänzerin für einen Film gesucht wurde. Allerdings eine hellhäutige. Ich war sehr froh darum. Es wäre mir unerträglich gewesen, wenn Merrie eine Filmrolle bekommen hätte, während ich bei Frau Meisner versauerte.

Der Typ neben mir las immer noch in seiner Zeitung, doch ich merkte, dass seine Aufmerksamkeit nachließ. Er sah öfter auf, fragte die Flugbegleiterin nach Getränken und Kopfhörern für den Film. Obwohl er versuchte, mich nicht anzusehen, streiften mich seine flüchtigen Blicke. Komischer Kerl.

Merrie zeigte auf Ken, der sich zurückgelehnt

hatte und eingeschlafen war. Der Grund dafür saß hinter ihm. Der Mann aß immer noch. Und schmatzte. Mehrere Plastikfolien lagen leer vor ihm auf dem Klapptisch. Ich grinste Merrie an. Wir wussten, was für Ken das beste Schlafmittel war.

Bodrum empfing uns mit strahlendem Sonnenschein bei 19 Grad Celsius. Das hatte der Kapitän kurz vor der Landung durchgesagt. Als ich auf die Gangway trat, streifte mich milde Luft. Sie roch nach Frühling, nach Licht und Blüten und ein bisschen nach Salz.

Bodrum war weiß. Weiße, raue Felsen mit feinen braunen Rändern. Anders als Antalya, die Stadt meiner Großeltern, die ich mit einem roten Berg verband. Und doch hatten beide Bilder etwas mit Gestein zu tun. Vielleicht, weil das Taurusgebirge die ganze Südtürkei durchzog und ich das schon als kleines Kind wahrgenommen hatte? Drei Jahre war mein letzter Besuch her, den ich mit meiner Mutter allein im Ferienhaus meiner Großeltern verbracht hatte. Mein Vater verstand sich nicht besonders gut mit ihnen und war deshalb in Hannover geblieben. Ob er sich zu der Zeit schon mit Valerie getroffen hatte? Blöder Gedanke. Ganz blöder Gedanke.

Aber selbst wenn es so gewesen war, konnte ich ohnehin nichts mehr daran ändern. Und jetzt begann unser Urlaub. Genau in diesem Moment. Ich wollte mich freuen. Auf unbeschwerte zwei Wochen, auf das Meer, den Strand und unser Ferienhaus und auf meine Großeltern. Ein bisschen mulmig war mir zwar auch, weil sie uns zum ersten Mal in voller Neubesetzung sehen würden und ich nicht wusste, was sie sagen würden. Aber das innige Gefühl war gleich wieder da, als ich sie am Ausgang stehen sah.

Mein Dede war groß, größer als die meisten anderen Türken, auch wenn ihn das Alter etwas geschrumpft hatte.

Die weißen Haare hoben sich von seiner dunklen Haut ab, und er trug eine Brille, die ihn wie einen Professor aussehen ließ. Meine Anneanne war klein und viel heller als er.

Sie hatte als junge Frau auch dunkle Haare gehabt, dazu blaue Augen. Dede hatte mir einmal gestanden, dass es diese Augen gewesen waren, die ihn auf den ersten Blick verzaubert hatten. Und nicht nur ihn. Meine schöne Anneanne hatte zahllose Verehrer gehabt. Sie kam aus einer wohlhabenden Familie und konnte es sich erlauben, wählerisch zu sein. Doch sie hatte nicht mit Dedes starkem Willen und seinem Humor gerechnet.

Er eroberte sie, indem er sie ständig zum Lachen brachte.

Nun standen meine Großeltern an der Absperrung und erwarteten uns. Dede hatte seine Hände auf dem Rücken verschränkt. Anneanne neben ihm hielt unruhig nach uns Ausschau. Da Ken und Sepp vor mir und meiner Mutter gingen, konnten sie uns nicht gleich sehen.

Mein Herz begann zu klopfen. Was sie wohl denken würden, wenn wir in der bunten Mischung zu ihnen kämen? Ob das alles für sie in Ordnung war? Schwarze und Weiße und der Babybauch meiner Mutter? Die ganze geballte Wahrheit? Nichts war mir wichtiger, als dass meine Großeltern nett reagieren würden. Vielleicht hatte meine Mutter sie ja doch ein bisschen vorbereitet? Ich hoffte das sehr.

Doch meine Mutter hatte ihren eigenen Kopf. Sie löste die Dinge auf ihre Art. Mit Tatsachen.

Zuerst strahlten Dede und Anneanne, als sie uns sahen. Und sie winkten. Je näher wir ihnen kamen, desto tiefer sanken ihre Arme und umso unsicherer wurden ihre Blicke. Nichts hatte meine Mutter ihnen erzählt, gar nichts. Mich begrüßten sie so herzlich wie immer. Strichen über meine Haare, drückten und küssten mich, dass ich fast zwischen ihnen verschwand.

»Jannah, mein Herz!«, riefen sie auf Türkisch. »Maşallah, unser großes Mädchen!«

Es machte mich verlegen, weil Ken und Merrie uns beobachteten und weil mein Türkisch noch so holprig klang. Hoffentlich merkten sie das nicht. Mir fehlten die einfachsten Worte, so dass ich dann einfach nur noch nickte und lächelte. Meine Mutter nahm ihre Eltern in die Arme und zog danach Sepp zu sich, der neben ihr stehengeblieben war.

»Anne, Baba!«, rief sie fröhlich. »Wie schön, euch wiederzusehen!«

»Ja, Kızım, schön«, Dede tätschelte meiner Mutter die Schulter, sehr darauf bedacht, nicht auf ihren Bauch zu gucken. Er wirkte so überrumpelt, dass er mir leidtat.

»Herzlich willkommen!«, sagte Anneanne. Auch sie bemühte sich, ihr Befremden nicht zu zeigen. »Da seid ihr also.«

»Ja, da sind wir!«, sagte meine Mutter und wies auf Sepp, der beiden freundlich lächelnd die Hand gab. »Das ist Sebastian. Und das sind seine Kinder, Kenan und Merrie.«

»Sprechen sie Türkisch?« Dede musterte die drei. Merrie guckte zu Boden, und Ken sah aus, als wäre er gern ganz woanders. Natürlich spürten sie die Reserviertheit meiner Großeltern, und ich schämte mich. Gleichzeitig wurde ich böse auf

meine Mutter. Mit dem Verschweigen der Neuig-
keiten hatte sie uns alle in eine unmögliche Situa-
tion gebracht.

»Nein, Baba!« Meine Mutter schüttelte den
Kopf. »Sie sprechen kein Türkisch. Es sind Deutsche mit äthiopischen und kenianischen Wurzeln.«

»Äthiopien und Kenia, soso«, nickte Dede.
Wir sahen uns an. Großvater und Enkelin. Er und
Anneanne waren die liebsten Menschen, die ich
kannte. Sie hatten immer ein offenes Ohr für mich
und waren immer auf meiner Seite, egal, worum
es ging. Auch wenn ich traurig oder wütend war
aus Gründen, die sie nicht verstanden, und sogar,
wenn ich Mist gemacht hatte. Dede sah, dass dieser
Moment wichtig für mich war. Er wusste wahrscheinlich nicht, warum, aber er sah es, und eine
Veränderung ging in ihm vor. Sein Blick, der eben
noch vorwurfsvoll gewesen war, wurde weich.

»Von weiter weg ging es nicht, oder?«, fragte
Anneanne mit einem gezwungenen Lächeln. »Hätte es nicht …?«

»Das ist jetzt egal!«, unterbrach sie Dede. »Sie
sind unsere Gäste.« Er lächelte Sepp, Ken und
Merrie an und sagte auf Englisch: »Wir freuen uns,
euch kennenzulernen. Ich bin Zia und das ist meine Frau Elif. Herzlich willkommen in der Türkei.«

4
Köfte in Flipflops

»Nee, das mache ich nicht!« Merrie verschränkte die Arme vor der Brust. »Auf gar keinen Fall!«

»Ich auch nicht«, sagte ich. »Dann schlafe ich auf der Couch.«

»Das wollen wir aber nicht«, sagte meine Mutter, und schon waren wir in eine Diskussion um die Zimmerverteilung verstrickt. Mal wieder. Es gab nur drei Schlafräume im Ferienhaus. Einen großen mit Ehebett, einen kleinen mit Einzelbett und einen mit zwei Etagenbetten. Den sollten Merrie und ich uns teilen, weil Ken auf keinen Fall in einem Etagenbett und schon gar nicht mit Merrie in einem Zimmer schlafen wollte.

»Sie schnarcht«, sagte er.

»Na toll«, sagte ich.

»Er schläft mit offenen Augen!«, sagte Merrie. »Das ist schrecklich.«

»Du siehst mich doch gar nicht, wenn du schläfst«, gab Ken zurück.

»Aber wenn ich noch nicht schlafe und deine verdrehten Augen sehe, gruselt es mich.«

»Dann guckst du eben weg.« Ken zuckte die

Achseln. »Ich schlafe eh nicht mit dir in einem Zimmer, Ende!«

»Irgendwie müsst ihr euch einigen«, sagte Sepp. »Für die zwei Wochen wird sich wohl eine Lösung finden lassen.«

»Ich hab's«, grinste Ken. »Ihr schlaft im Wohnzimmer, und wir nehmen die drei Schlafzimmer.«

»Bei dir piept's wohl.« Sepp schüttelte den Kopf. »Das fehlte noch!«

»Joah! Das wär's!«

»Stimmt etwas nicht?«, fragte Dede meine Mutter auf Türkisch. »Gefällt es euch nicht?«

»Doch doch, Baba! Es ist sehr schön«, beeilte sie sich zu versichern, doch er wirkte nicht überzeugt.

»Ich mag es sehr«, sagte ich, und Dede lächelte. Das einstöckige Ferienhaus bestand aus groben, unterschiedlich großen Sandsteinen, die auch innen sichtbar waren. Fenster und Türen hatte man oben abgerundet und mit braunen Fensterläden versehen, um die Sonne auszusperren, wenn es zu heiß wurde. Die Küche war Teil des Wohnraums, in dem es einen Esstisch, zwei Sofas und eine gemauerte Nische mit vielen dicken Kissen gab. Vom Wohnzimmer aus führten zwei Glastüren zur überdachten Terrasse. Hier war ein weiterer Essplatz mit acht Stühlen, eine Liege aus Korbgeflecht und ein Hängesitz an einem der Balken. Um die Terrasse herum standen Töpfe mit Palmen, Geranien und Stockrosen in Rot, Pink und Weiß. An der Hauswand kletterten die violetten Blüten einer Bougainvillea hoch und wuchsen über das Dach. Eigentlich waren es keine Blumen, sondern rankende Büsche mit holzigen Zweigen.

Das Haus lag auf einer Anhöhe inmitten von Oliven- und Zitronenbäumen, deren Früchte frischen Duft verströmten.

Es war so schön, dass ich enttäuscht war, denn eigentlich hatten Dede und Anneanne das Haus kaufen wollen. Für uns. Doch meine Mutter war dagegen gewesen. Sie sagte, ein Haus in Bodrum reiche. Sie wollte nicht gezwungen sein, ständig dort Urlaub zu machen. Als wenn man das machen müsste! Als wenn man nicht trotzdem auch woanders hinfahren könnte!

Außerdem war das Haus meiner Großeltern nicht in dieser Anlage und nicht so nah am Strand, sondern etwa fünfzehn Kilometer entfernt.

»Was ist das da?«, fragte ich Dede und wies zum Dach, wo ich etwas entdeckt hatte.

»Komm mit, Güzelim«, sagte er. »Ich zeige es dir.« Er führte mich um das Haus herum, in dessen Wand Steinstufen gesetzt waren. Ein Geländer gab es nicht.

»Pass auf, dass du nicht daneben trittst«, sagte Dede. Er ging voran und streckte seine Hand nach meiner aus, als ich die letzten Stufen nahm. Von hier oben konnte man alles noch besser überblicken.

»Wie findest du es?«, fragte Dede.

»Super!«

»Der schönste Himmel und das beste Klima der Welt.«

Ich lachte. »Wer sagt das?«

»Herodot von Halikarnassos«, sagte er. »Grieche. Hat gelebt von etwa 480 vor Christus bis 424 vor Christus. Er war Geschichtsschreiber, Geograph und Völkerkundler.«

Dede war früher Lehrer an einer Schule in Antalya gewesen und hatte nicht nur meine Mutter als Kind in den Wahnsinn getrieben, sondern auch bei jedem unserer Türkeibesuche auf Besichtigungstouren bestanden. Mich hatte das nie gestört, im Gegenteil, ich sah mir gern Museen und antike Stätten an.

»Habe ich dir noch nie von Herodot erzählt?«

»Nein«, schmunzelte ich. »Von dem nicht.«

»Wirklich?« Mein Opa kratzte sich am Kopf. »Dann werde ich wohl alt!«

»Du doch nicht, Dede«, lachte ich, und er fiel mit ein.

Die leuchtende Bougainvillea, die an einem Holzpfahl hoch in den Himmel wuchs, bildete die einzige Begrenzung auf dem Dach. Es gab keine Brüstung, kein Geländer, nicht mal ein niedriges Mäuerchen zum Schutz. Weit dehnte sich das Meer vor uns aus, bis es am Horizont von kleinen und großen Inseln eingefasst wurde. Direkt gegenüber, fast schon zu nah an der Küste, lag die griechische Insel Kos. Als sich noch der Gesang des Muezzins in dieses Bild mischte, stach mir Heimweh ins Herz. Wonach genau hätte ich nicht sagen können. Es war einfach nur Sehnsucht nach etwas, das verschwunden war, ohne dass ich es gemerkt hatte. Ich sah auf das funkelnde Blau, lauschte dem Gebet und spürte es in mir hochsteigen, bis es von innen gegen meine Augen drückte. Dede spürte es auch. Mit einem Arm zog er mich an sich und zeigte mit dem anderen zum Landesinneren hin. »Sieh mal, da.«

An der Rückseite des Hauses erhob sich eine sanfte Hügellandschaft, in die verstreut die anderen Häuser der Anlage gebaut waren. Auch ein Pool war in der Nähe. Ein paar Urlauber sonnten sich dort. Eine rotgefleckte Katze döste im Schatten eines Olivenbaums. Die letzten Töne des Muezzins verklangen. Ich nickte. Der Moment war vorbei.

Ich begann in meiner Jeans und den Chucks zu

schwitzen. In der Sonne waren es deutlich über 19 Grad. Ein Junge kam gerade aus dem Wasser, schüttelte sich wie ein nasser Hund und sah zu mir hoch. Etwa fünfzig Meter Luftlinie zwischen uns reichten, um festzustellen, dass er gut aussah. Braungebrannt, dunkelhaarig und natürlich dunkeläugig. Wir würden uns kennenlernen, das war klar.

»Falls du mal allein sein möchtest, ist das ein richtig guter Platz hier«, sagte Dede und wies auf den halbrunden, überdachten Pavillon in der Mitte, der sich zum Meer hin öffnete. »Ganz besonders abends, wenn es Sternschnuppen regnet.«

»Das glaube ich«, lächelte ich. Der Pavillon bestand aus einer breiten gepolsterten Holzbank und einem Tisch, die von dichten Grünpflanzen umrankt waren.

Nachdenklich betrachtete ich die bunte Auflage und die gemütlichen Kissen, und mir kam plötzlich eine Idee.

»Kann man eigentlich auch hier oben schlafen?«, fragte ich.

»Ja, selbstverständlich«, nickte Dede. »Sehr gut sogar. Bei uns mache ich das oft.«

Als ich Stimmen hörte, drehte ich mich um.

»Das ist ja cool!« An der Steinkante erschien

Merries gelockter Kopf, und hinter ihr kamen auch die anderen herauf.

»Das Zimmerproblem ist gelöst«, sagte ich schnell, bevor Ken oder Merrie auf den gleichen Gedanken kommen konnten. »Ich schlafe hier oben.«

»Nix!« Ken warf sich gleich auf das Bett, knüddelte eins der Kissen unter seinen Arm und seufzte so wohlig, dass wir alle lachten. »Kannst du total vergessen!«

Ich ahnte, dass die Sache für mich gelaufen war. Der Platz passte einfach zu gut zu ihm.

»Ken, ich hab das zuerst gesagt«, protestierte ich schwach.

»Okay«, grinste Ken. »Dann viel Spaß mit deinen haarigen Freunden.« Seine langen Finger krabbelten über den Bezug.

»Nein«, rief ich entsetzt. »Wo?«

An die Spinnen hatte ich gar nicht gedacht.

»Na, in dem Grünzeug sind doch jede Menge!«, sagte er. »Ist doch klar!«

Natürlich hatte er recht. Bei der Vorstellung, die Nacht mit Spinnen zu verbringen, die mir womöglich übers Gesicht liefen, kapitulierte ich sofort.

»Anneanne«, flüsterte ich auf Türkisch. »Sind hier viele Spinnen?«

»Ja, das weißt du doch.« Meine Oma sah mich mitleidig an. »Hast du immer noch Angst vor denen?«

Ich nickte.

»Aber Kind, die tun doch gar nichts!«

Ich zuckte die Schultern.

»Du hast gewonnen«, sagte ich auf Deutsch, und Ken reckte zwei Finger in die Luft.

»Wird das denn nachts nicht zu kalt hier oben?«, fragte meine Mutter und sah von Ken zu Sepp. »Immerhin ist erst März.«

»Ich habe meinen Iso-Schlafsack dabei«, antwortete Sepp. »Das geht bestimmt.«

»Trotzdem«, sagte meine Mutter an Ken gewandt. »Willst du wirklich ganz allein hier oben schlafen?«

»Ja«, sagte Ken. »Ist doch Hammer!«

»Und wenn du mal musst?«

Am liebsten wäre ich im Erdboden versunken, meine Mutter! Aber Ken war nicht besser.

»Wieso?«, sagte er. »Sind doch genug Büsche da.«

Sepp schnappte nach Luft. »Du wirst gefälligst die Toilette benutzen, Junge. Wenn ich dich auch nur einmal ...!«

»Schon gut, schon gut«, unterbrach ihn Ken grinsend. »War nur'n Scherz.«

»Bei dir weiß man nie«, sagte Merrie. »Du kriegst das fertig. So wie damals in Italien, als du ...«

»Jajajajaja«, schnitt ihr Ken das Wort ab. »Das will jetzt keiner wissen.«

Dede und Anneanne sahen uns fragend an, und meine Mutter sprach wieder Türkisch mit ihnen. »Wie viele Familien wohnen denn hier?«

»Von den zwölf Häusern sind im Moment acht besetzt«, sagte Anneanne. »Sehr nette Leute überall. Auch für eure Kinder ist Gesellschaft da.«

»Es wird eng am Pool«, fügte Dede augenzwinkernd hinzu.

»Ach«, meine Mutter machte eine wegwerfende Handbewegung, »mir ist das Wasser ohnehin noch viel zu kalt.«

Anneanne nickte. »Das ... äh, das ... Kind würde einen Kälteschock bekommen. Das darfst du nicht machen.«

»Ich gehe ja auch gar nicht ins Wasser«, sagte meine Mutter gereizt. »Habe ich doch gerade gesagt.«

»Dann ist ja gut.« Dedes Augenbrauen zogen sich zusammen.

»Aber schön ist es doch, oder?«, fragte Anneanne, um die Spannung zu lösen, doch das Gewitter war bereits im Anzug.

»Ja«, nickte ich. »Sehr sogar!«

»Wir hätten es euch ja gerne gekauft«, sagte Anneanne. »Nur …«

»Anne wollte nicht«, beendete ich den Satz mit einem vorwurfsvollen Blick auf meine Mutter.

»Und ich will es immer noch nicht«, sagte sie bestimmt.

»Aber warum?« Ich wusste, dass ich damit die zwei Parteien gegeneinander ausspielte.

»Weil ich es nicht will, Jannah!« Ihr Ton war eisig. »Und jetzt sei still, es ist sehr peinlich, was du hier vor Dede und Anneanne redest.«

Wenn hier etwas peinlich war, dachte ich, war ich es bestimmt nicht!

Während wir unsere Koffer auspackten, in den Zimmern hin und her liefen und ich dreimal mit dem gleichen Bein gegen den Bettpfosten stieß, fuhr meine Mutter mit meinen Großeltern weg. Zur Aussprache.

Ken durfte seine Tasche im Wohnzimmer lassen, wo sie bis zum Ferienende genau so stehenbleiben würde.

»Wann essen wir?«, fragte er.

»Denkst du auch noch an was anderes?«, fragte ich.

»Ja«, gab Ken zurück, »aber das ist nicht jugendfrei.«

Ich puffte ihn in die Seite.

»Wenn Suzan zurückkommt«, antwortete Sepp. »Bis dahin kannst du dir die Kekse nehmen.«

»Die reichen bei dem doch höchstens zehn Minuten«, sagte Merrie.

»Immerhin«, sagte Sepp. »Übrigens vermisse ich mein Handy. Hat das einer von euch verschleppt?«

Wir schüttelten die Köpfe. Ken verschwand mit der Kekspackung nach draußen, und ich freute mich jetzt über mein eigenes Zimmer. Ich hatte freiwillig das kleinere mit dem Einzelbett genommen, obwohl das Fenster nicht aufs Meer, sondern zu den Zitronen zeigte. Es war gemütlich eingerichtet, hatte in der Steinwand am Kopfende sogar eine Nische für Bücher. War doch besser, als den ganzen Krabbeltieren Gesellschaft zu leisten. Wer wusste schon, was da oben noch so alles herumkreuchte? Anneanne hatte mal in ihrem Ferienhaus versehentlich einen faustgroßen Krebs im Türrahmen zerquetscht. Niemand konnte sich erklären, wie er dahin gekommen war, und vor allem, warum er sich, kilometerweit vom Meer entfernt, in einen Türrahmen gesetzt hatte. Er gab ein unschönes Krachen von sich, klatschte auf die Fliesen und verursachte eine ebenso unschöne Schmiererei, die meine Oma mit einem Kehrblech und angestrengtem Gesicht beseitigte. Die Überreste landeten vor der Terrasse im Gras. Kurz darauf waren nur noch blanke Panzerreste übrig, weil sich die Katzen begeistert darüber hergemacht hatten.

Ich schloss die Tür, zog die Fensterläden zu und streifte Schuhe und Hose ab. Mein Schienbein hatte einen dicken blauen Fleck, und meine Füße waren durch den Flug und die Wärme angeschwollen und sehr weiß. Auch nicht schön, aber in ein paar Tagen würde ich wieder Farbe bekommen.

Das Handy piepte. Zum zigsten Mal, seit ich es nach dem Flug eingeschaltet hatte. Natürlich Lou, die wissen wollte, was los war. Nichts war los, deshalb hatte ich auch nichts geschrieben. Aber diesmal drohte sie mir die Freundschaft zu kündigen, wenn ich nicht auf der Stelle antwortete!

Ich zog einen Rock und ein Shirt an, legte mich aufs Bett und schrieb, dass ich nichts zu berichten hätte und dass sie keinen Stress machen solle. Danach kam nichts mehr.

Es klopfte, und Merrie guckte herein. »Kommst du mit zum Pool?« Auch sie hatte sich umgezogen, und ihre langen braunen Beine schimmerten. Ohne blauen Fleck.

»Jetzt?«

»Ja, klar«, Merrie verdrehte ungeduldig die Augen. »Wann sonst, Karfreitag?«

»Okay. Einen Moment.«

»Ich warte draußen.«

Als ich herauskam, schaukelte Ken im Hänge-sessel und hatte die nächste Packung Kekse in der Hand. Bald würde er so auseinandergehen, dass ich ihn nicht mehr mögen würde. Das wäre vielleicht auch eine Lösung.

»In meiner Tasche sind noch Weingummis«, sag-te ich. »Und Schokolade, damit du bis zum Mittag-essen überlebst.«

Ken hatte den Mund voll und schenkte mir nur ein dankbares Kopfnicken.

Merrie sah auf meine Füße in den Flipflops. »Was heißt noch mal Frikadelle auf Türkisch?«

»Köfte«, sagte ich und stapfte missmutig voran.

5
Lispelnder Killerotter

Der Junge war weg. Am Pool lagen nur drei ältere Türkinnen auf ihren Liegen und warfen uns interessierte Blicke zu. Als Merrie und ich unsere Handtücher auf den Steinen am Beckenrand ausbreiteten, lächelten sie freundlich. Ich merkte ihnen an, dass sie nicht wussten, ob sie uns auf Türkisch oder Englisch begrüßen sollten, deshalb machte ich den Anfang und sagte: »Merhaba, wie geht es Ihnen?«

Erleichtert riefen die drei auch »Merhaba« und »Herzlich willkommen!« und »Ist das Wetter nicht prächtig für die Jahreszeit?«

Ich gab zunächst nur oberflächliche Antworten, aus reiner Höflichkeit, weil man das eben so macht. Doch schnell begannen die Damen immer neugierigere Fragen zu stellen, ob ich Türkin sei, ob meine Haare gefärbt wären, ob Merrie meine Freundin sei, mit wem wir hier wären, in welchem Haus wir wohnten und wo meine Eltern wären. Während ich redete, merkte ich, dass meine Sätze holprig und unverständlich klangen. Mit Dede und Anneanne war das viel einfacher, weil sie mich kannten und sich einiges zusammenreimen konnten. Die Damen nicht. Manche Vokabeln hatte ich vergessen und versuchte zu umschreiben, was ich meinte. Sie schienen sich gut zu amüsieren, denn sie lachten laut bei meinen Antworten. Ich bereute es sehr, Türkisch gesprochen zu haben, und beneidete Merrie, die sich ausgestreckt und mit ihren Kopfhörern ausgeklinkt hatte. Mich fragten sie ständig etwas Neues und lauschten begierig, was ich dazu sagen würde, nur um dann wieder in Gelächter auszubrechen.

Ich überlegte schon, einfach zum Haus zurückzugehen, da kam Sepp an den Pool.

»Kommt ihr? Es gibt Essen.« Er nickte den Damen zu.

Ich sprang sofort auf.

»Ist das dein Vater?«, fragte eine.

»Ja«, sagte ich, schnappte mein Handtuch und ließ die drei Fragezeichen hinter mir.

Meine Mutter hatte aus dem nächsten Ort Pide mitgebracht. Sie sah ernst aus. Vermutlich wegen des Gesprächs mit meinen Großeltern, bei dem sicher das eine oder andere auf den Tisch gekommen war.

Ich hatte lange nicht mehr richtig türkisch gegessen und genoss die gefüllten Fladenbrote, den Salat und den Ayran dazu.

Zum Nachtisch hatte meine Mutter in einer

Konditorei für jeden eine kleine Schale mit Schokoladenpudding gekauft, der es in sich hatte. Gebackene Teigkugeln mit Sahnecremefüllung waren darin versteckt, in einer Süße, die sämtliche Geschmacksnerven lähmte. Und ich war einiges gewöhnt! Weder Sepp noch Merrie rührten den Pudding an. Und selbst Ken nahm nur eine Löffelspitze, um den XXL-Kalorienbomber direkt in den Kühlschrank zu befördern. Meine Mutter war die Einzige, die ihre Schale leerte und danach zufriedener aussah als vorher. Armer Croc! Dem wurde bestimmt kotzübel von dem Zeug. Konnten sich Embryos eigentlich ins Fruchtwasser übergeben?

Danach ruhte sich meine Mutter aus, Sepp suchte sein Handy, und Ken und Merrie wollten zum Pool. Ich nicht. Meine Großeltern waren in ihrem Haus geblieben, wir würden sie in den nächsten Tagen noch häufiger sehen. Ich beschloss, den Strand zu erkunden, auch wenn ich lieber Merrie dabeigehabt hätte. Am ersten Tag so ganz alleine war irgendwie doof.

Die Anlage war nah am Strand gebaut, so dass ich keine stark befahrene Uferstraße überqueren musste. Nur einen staubigen Schotterweg, ein paar Steinplatten, und meine Latschen sanken in den weichen Sand. Barfuß lief ich weiter zum Wasser. Leider übersah ich dabei eine Distel, deren Stachel sich in meinen Zeh bohrte. Mit einem leisen Quieken sprang ich hoch und humpelte zu einer großen Baumwurzel, die Sand und Meer glattgeschliffen hatten. Vorsichtig zog ich das spitze Ding aus meinem Fuß, ein Tropfen Blut bildete sich am Einstich.

Es war eine schöne kleine Bucht, die meine Großeltern für uns ausgesucht hatten. Mit türkisblauem Wasser und feinem Sand. Hinter mir lagen die Ausläufer des Taurusgebirges, rechts und links ragten Felsformationen ins Meer. Da, wo sie eine Plattform bildeten, saßen ein paar Mädchen. Zu ihnen gehörten zwei Jungs, die von den Felsen ins Meer sprangen und die Mädchen immer wieder nass spritzten. Ich versuchte, unter ihnen den Jungen auszumachen, den ich am Pool gesehen hatte, doch er schien nicht dabei zu sein. Außer der Gruppe waren nur wenige Leute am Strand. Hauptsächlich ältere türkische Urlauber, die unter ihren Schirmen dösten. Eine Familie planschte mit ihren Kindern am seichten Ufer. Ein Segelschiff schaukelte in den Wellen vor der Küste. Ich schloss die Augen, atmete die salzige Luft und überließ mich dem sanften Rauschen des Meeres. Der Melodie, die ich immer und überall hören konnte, auch wenn ich gar nicht am Meer war. Das Geräusch der Brandung war für mich an jedem Ort, zu jeder Zeit abrufbar. Ein wunderbarer Ton. Eine herrliche Melodie. Hier konnte ich mich damit wieder anfüllen.

Ich war so konzentriert, dass ich erst aufsah, als mich jemand auf Englisch ansprach.

»Hello.«

Vor mir stand der Junge vom Pool. In seiner langen Badehose und wieder klatschnass. Seine Haare hatte er zurückgestrichen. Ich schätzte ihn auf siebzehn oder achtzehn. Er lächelte und verströmte dabei ein tiefes Orange-Rot. Warm und verwirrend.

»Merhaba«, sagte ich.

»Oh, du kannst Türkisch?«, fragte er strahlend.

»Nicht besonders gut«, sagte ich. »Zu Hause sprechen wir es kaum.«

»Nein, nein, du sprichst prima«, widersprach er. »Woher kommst du?«

»Aus Deutschland«, sagte ich. »Hannover.«

»Ist das bei Hamburg?«

»Nein. Weiter unten.«

»Ach so. München«, grinste er. »Kenne ich.«

»So weit nicht«, sagte ich. »Eher in der oberen Mitte.«

Er nickte, als wüsste er nun genau Bescheid.

»Ihr seid heute angekommen«, sagte er. »Ich habe euch gesehen.«

»Ja.«

»Wie heißt du?« Er setzte sich. In einem angenehmen Abstand zu mir. Wassertropfen liefen an seinen Beinen hinab und bildeten kleine Pfützen im Sand, die sofort versickerten.

»Jannah«, sagte ich.

»Dschanna«, lächelte er. »Das Paradies.«

»So übersetzt man es wohl.«

»Warum hast du einen arabischen Namen und keinen türkischen?«

»Weil sich meine Eltern auf keinen türkischen Namen einigen konnten. Mein Vater ist Deutscher.«

»War das der Mann, mit dem du auf dem Dach gestanden hast?«

»Nein«, lachte ich. »Das ist mein Opa!«

»Entschuldigung!« Er lachte mit. »Ich wollte dich nicht beleidigen.«

»Schon gut«, winkte ich ab. »Wie heißt du?«

»Sayan.«

Sayan. Ja, klar. Sayan war Orange-Rot.

»Bist du auch mit deiner Familie hier?«, fragte ich.

»Mit der Familie meines Onkels«, sagte er. »Ihnen gehört das Ferienhaus.«

Ich wies mit dem Kopf zu den Jungs und Mädchen am Felsen.

»Und die? Gehören sie auch zu euch?«

»Nein«, sagte Sayan. »Aber sie wohnen auch bei uns in der Anlage. Sind nett.«

»Wo kommst du her?«

»Aus Istanbul.«

»Musst du nicht zur Schule? Ich denke, ihr habt nur im Sommer Ferien.«

»Stimmt«, antwortete Sayan. »Das gilt aber nicht für die internationale Schule, auf der ich bin. Wir haben ähnliche Ferienzeiten wie ihr in Europa.«

Ich nickte und sah aufs Meer, wo das Segelboot lag.

»Warst du auf dem Schiff?«

»Ja. Gehört auch meinem Onkel.«

Ich nickte wieder und wusste nicht mehr, was ich sagen sollte. Sayans Blick wanderte ziellos über den Strand, bis er an meinem blauen Fleck hängenblieb.

»Was hast du da gemacht?«

»Nichts«, sagte ich. »Ich stoße mich manchmal.«

»Bei deiner Haut fällt das auf«, lächelte er.

»Ja, blöd«, sagte ich.

»Wieso?«, fragte er. »Ist doch schön.« Er merkte sofort, wie seltsam das klang, und verbesserte sich.

»Also, ich meine helle Haut.« Und dann wurde er rot unter seiner Bräune und blinzelte verlegen in die Sonne.

Die Felsentruppe winkte uns zu.

»Sayan, komm!«, riefen sie, doch er schüttelte den Kopf.

»Kommt ihr.«

Darauf schienen sie nur gewartet zu haben. Schnell kletterten sie von den Felsen und kamen angelaufen. Zumindest die Mädchen. Die Jungs schlenderten gemächlich hinterher. Schon daran merkte ich, dass sie jünger sein mussten. Und es stimmte. Die Schwestern Nergis und Dilay waren zwölf und dreizehn, ihr Bruder Levent fünfzehn Jahre alt. Jale, das andere Mädchen, war auch dreizehn. Cavit schon sechzehn, aber ziemlich klein, so dass ich ihn jünger geschätzt hatte. Sie erzählten, dass sie aus Milas seien und die Wochenenden oft hier verbringen würden.

»Wo sind deine Freunde?«, fragten sie mich.

»Am Pool, glaube ich.«

»Wieso sind sie braun?«, fragte Nergis.

»Weil ihre Eltern vom Nordpol sind«, sagte Levent und ich grinste. »Genau!«

Dilay guckte skeptisch, doch Nergis riss die Augen auf. »Wirklich? Vom Nordpol?«

Sayan, Cavit, Jale und ich konnten uns nur mühsam das Lachen verkneifen. Levent stieß seiner Schwester die Hand vor die Stirn. »Meine Güte, denk doch mal nach!«

Als ich ihren verunsicherten Blick sah, sprang ich Nergis zur Seite. »Nein, ihre Eltern kommen aus Afrika und leben in Deutschland.«

»Ach so!« Verschämt schlug sie die Augen nieder. »Wie dumm von mir.«

»Wollen wir auch zum Pool?«, fragte Jale, um von Nergis abzulenken.

»Auf gar keinen Fall«, sagte Sayan. »Da meckern jetzt die Tanten.«

Ich lachte. »Dann sind sie also nicht nur bei mir so komisch gewesen?«

»Nein«, schmunzelte Sayan, »die drei gehen allen auf die Nerven. Sie schimpfen, weil wir uns vor dem Schwimmen nicht abgeduscht haben, beim Mittagsschlaf stören, Gras von unseren Füßen im Wasser gelandet ist, was weiß ich. Denen fällt immer was ein.«

»Außerdem tratschen sie«, sagte Jale.

»Und wie«, bestätigte Sayan. »Denen darfst du nichts erzählen, gar nichts! Sonst weiß es gleich die ganze Anlage.«

»Hmpf«, machte ich. »Zu spät. Sie haben mich schon ausgefragt.«

»Na ja«, beruhigte mich Levent. »Dafür brauchst

du es den anderen Leuten jetzt nicht mehr zu erzählen.«

»Ist deine Haarfarbe eigentlich echt?«, fragte
Dilay und nahm eine Strähne von meiner Schulter.

»Ja.«

»Ist das wieder nur ein Scherz?«, fragte Nergis.
»Oder stimmt das?«

»Nein«, lachte ich. »Kein Scherz, diesmal
stimmt es.«

»Unglaublich! So eine Farbe!« Nergis strich
über meine Haare wie über das Fell einer Katze.
»Was gäbe ich darum!«

»Du spinnst. Deine Haarfarbe ist doch genauso
schön.«

»Und deine weiße Haut«, schwärmte Dilay. »Du
wirst nicht braun, oder?«

»Wenn ich du wäre, würde ich nie, nie in die
Sonne gehen«, sagte Nergis.

»Hört jetzt auf!« Das Thema wurde mir unangenehm. Besonders vor den Jungs. Sayan hatte den
Blick abgewandt, und auch Levent und Cavit ent-
deckten in der Ferne etwas Interessanteres.

»Da kommen deine Freunde.« Cavit zeigte in
Richtung Anlage. »Osman ist auch dabei.«

Irgendwie machte es mich stolz, Ken und Merrie
gleich eine ganze Gruppe an Neubekanntschaften
vorstellen zu können.

»Hi.« Merrie lächelte in die Runde und blieb an Levent hängen. Auch er guckte sie eine Sekunde länger an.

Ken begrüßte alle mit einem Handschlag. Er und Sayan taxierten sich von oben bis unten.

»Ich bin Osman«, sagte der Junge auf Deutsch. Beim S blieb seine Zunge zwischen den Zähnen hängen, er lispelte.

»He!«, rief Sayan. »Sprich Türkisch!«

»Kann sie das denn?«, fragte der Kleine. Ich schätzte ihn auf acht oder neun.

»Ja, kann ich«, sagte ich auf Türkisch.

»Vallah! Sie kann's, Mensch!«, rief Osman, und ich musste lachen. Er war sehr süß.

Merrie setzte sich neben mich aufs Handtuch, Ken etwas abseits in den Sand.

»Wo hast du so gut Deutsch gelernt?«, fragte ich Osman.

»In Berlin. Ich wohne da.«

»Dann kommst du nur in den Ferien her?«

»Ja, meine Oma hat hier ein Haus.«

»Hast du noch Geschwister?« Ich wusste selbst nicht, warum ich den Kleinen ausfragte. Vielleicht, weil Ken mich ab und zu ansah, weil mir sein verwunderter Blick gefiel, wenn ich Türkisch sprach? Vielleicht, weil ich ein bisschen angeben wollte?

»Vater«, sagte Osman, als wäre damit alles klar.

Eben hatte Levent Merrie auf Englisch gefragt, woher sie käme, wie es ihr in der Türkei gefalle, und ich war in ihr Gespräch rübergerutscht, so dass ich Osman nicht mehr folgen konnte.

»Wie, Vater?«, erwiderte ich auf Deutsch. »Was meinst du?«

»Na, mein Vater hat noch mehr Kinder«, sagte Osman auch auf Deutsch. »Das sind meine Geschwister.«

»Leben deine Eltern getrennt?«

Osman nickte.

»Und warum bist du ganz allein hier?«

»Bin ich ja nicht. Meine Oma ist da. Meine Mutter muss arbeiten.«

»Ach so«, sagte ich und wandte mich wieder den anderen zu. Sayan ließ Sand durch seine Hand rieseln, Nergis drehte eine Strähne ihres langen Haares, Cavit klickte zwei Kieselsteine gegeneinander, Jale und Dilay vergruben ihre Zehen im Sand, während sich Merrie und Levent unterhielten. Dabei war es eher Levent, der redete. Merrie wirkte so schüchtern wie noch nie. So kannte ich sie gar nicht. Sie schmunzelte verlegen, und ihre Wimpern flatterten nervös. Erst antwortete sie nur einsilbig und fragte Ken nach dem einen oder anderen Wort. Als ihr Jale und Dilay jedoch bei den Vokabeln halfen, türkische Worte einstreuten und sich ausschütten wollten, wenn Merrie sie mit deutschem Akzent wiederholte, lockerte sich die Stimmung. Wir lachten, Merrie lächelte ihr verdammt schönes Lächeln, und ich war heilfroh, dass wir so unterschiedlich waren. Eine hellhäutige rothaarige Merrie hätte ich neben mir nicht ausgehalten.

Ken sah aufs Meer und tat so, als wäre ihm der ganze Türkisch-Englisch-Deutsche-Kauderwelsch egal.

»Und, was ist oben los?«, fragte ich ihn.

»Deine Mutter schläft, und Sepp ist zum Flughafen gefahren«, berichtete Ken.

»Wieso das denn?«

»Weil das Fundbüro angerufen hat. Sein Handy wurde abgegeben, er hatte es an der Passkontrolle liegenlassen.«

»Und das hat keiner einfach mitgenommen?«, staunte ich. »Wahnsinn!«

»Sieht ganz so aus.«

»Spielen wir eine Runde Volleyball?« Sayan zeigte auf zwei ungehobelte Pfosten, die man in den Sand geschlagen und ein Netz dazwischen gespannt hatte. Merrie schüttelte den Kopf, doch Ken und ich nickten.

Wir spielten vier gegen vier. Ich mit Dilay, Sayan und Ken gegen den Rest. Beim ersten Ball, der übers Netz geflogen kam, hechteten Ken und Sayan gleichzeitig hin und stießen zusammen. Ich pritschte den Ball knapp rüber, die anderen beförderten ihn ins Aus. Punkt für uns.

»Super!« Sayan hob anerkennend die Daumen. Ken sagte nichts, stützte die Hände auf seine angewinkelten Knie und wartete auf den nächsten Ballwechsel. Levent winkte Merrie ins Feld, doch sie lächelte nur und blieb stehen.

Den folgenden Aufschlag parierten die anderen. Cavit schmetterte ihn übers Netz zu Sayan. Ken sprang ihm auf den Fuß. Mit oder ohne Absicht konnte ich nicht sagen. Obwohl Sayan Ken angrinste, sah es so aus, als würden sie gegeneinander statt miteinander spielen. Der Ball landete im Aus. Kens Augenbrauen zogen sich zusammen. Was war nur mit ihm los? Warum verhielt er sich so komisch?

»Platz für den Killerotter!«, schrie Osman und baggerte den Ball mit einer Wucht in die Luft, dass Cavit geduldig warten konnte, bis er ihm in die Hände fiel. Wir lachten, auch die Türken, die Osman gar nicht verstanden hatten.

»Benim!«, rief Levent. Nach seinem Hieb schlug der Ball in unserem Feld auf.

»Yes!« Cavit und Levent klatschten sich mit den Händen ab. Unter gegenseitigem Anfeuern landeten sie immer mehr Treffer, obwohl Ken und Sayan eigentlich die besseren Spieler waren. Da passte es, dass Dilay unseren entscheidenden Ball verschoss. Sayan zuckte die Schultern. Das war's!

»We are the champions!«, sang Osman, und diesmal verstanden es alle. »My friends!«

Ken grinste. »Nächstes Mal spielst du bei uns, Killerotter.«

6
Klimmzug am Kastell

Im Traum schaukelte ich allein in einer goldenen Gondel einem tiefroten Himmel entgegen. Es war warm und hell, mitten in der Nacht.

Plötzlich bremste die Gondel jedoch so abrupt, dass ich herausgeschleudert wurde. In Zeitlupe flog ich an Ken vorbei, der meinen Schwung mit einem Ankerwurf beendet hatte. Ich schlug hart auf, und die Wut packte mich.

Er hatte mich einfach aus der schönen Bewegung gerissen, riskiert, dass ich mich beim Sturz verletzte. Vor allem war ich stocksauer, weil die Wärme auf einmal weg war.

»Du blöder Armleuchter!«, rief ich und wachte von meiner eigenen Stimme auf, die seltsam verzerrt klang. Zunächst wusste ich nicht, wo ich war. Ich lag auf dem Boden vor einem Bett und fror. Das Lied des Muezzins brachte mich zurück. Türkei. Bodrum. Ferienhaus. Richtig.

Ich krabbelte wieder unter die Decke und war immer noch wütend. Ich versuchte das Bild der Gondel und des roten Himmels zurückzuholen, doch stattdessen erschien nun Sayan, der mich anlächelte. Mit geschlossenen Augen lächelte ich zurück und freute mich auf den nächsten Traum.

In dieser ersten Nacht schliefen wir alle lange in den Vormittag hinein. So lange, bis die Hitze durch die geschlossenen Fensterläden drang und uns aus den Betten trieb. Ich nahm die Heuschnupfentabletten von der Ablage und griff nach der Wasserflasche, die ich in meiner Tasche gehabt hatte, doch sie war leer. Kurz entschlossen legte ich die Tabletten zurück. Am Meer hatte ich nie Heuschnupfen, das sollte jetzt einfach vorbei sein.

Als ich zum Frühstück auf die Terrasse kam, saßen Ken und Merrie bereits mit meiner Mutter und Sepp bei Kaffee, Schafskäse, Oliven und frischem Weißbrot. Ken schob sich die letzte Tomatenscheibe in den Mund.

»Na, gut geschlafen?«, fragte meine Mutter.

»Ja, schon irgendwie«, gähnte ich. »Was machen wir heute?«

»Nichts«, sagte Ken.

»Dich habe ich nicht gefragt.«

»Uuhh«, gab er zurück. »Schlechte Laune, oder was?«

»Also?«, fragte ich, ohne Ken eines Blickes zu würdigen.

»Dein Dede hat eine Besichtigung vorgeschlagen«, sagte meine Mutter. »Zum Kastell von Sankt Peter.«

Merrie machte eine halb versteckte Grimasse. Ken stöhnte.

»Och nee!«

»Gerade dir würde ein bisschen Kultur guttun«, sagte Sepp. »Nur, gleich am ersten Tag …?« Zweifelnd sah er meine Mutter an.

»Ich habe eigentlich auch keine Lust«, seufzte sie. »Aber ich denke, ich muss.«

»Warum?«, fragte ich. »Ich kann doch mit Anneanne und Dede allein fahren.« Vor ein paar Jahren war ich schon einmal dort gewesen, und das hatte mich bei einem Referat in der Schule gerettet. Ich hatte nichts dagegen, es mir noch einmal anzusehen.

»Würdest du das tun?« Die Augen meiner Mutter leuchteten auf.

»Na, klar! Warum denn nicht?«

»Dann kommst du nicht mit zum Pool?«, fragte Merrie, und es klang fast ein bisschen enttäuscht. Wollte sie mich beim Treffen mit den anderen dabeihaben?

»Mal sehen«, sagte ich. »Vielleicht könnte ich ja später fahren?«

»Seid ihr etwa schon verabredet?« Meine Mutter zwinkerte uns zu. »Mit wem denn?«

»Ach, nur mit so ein paar Leuten aus der An-lage«, wiegelte ich ab und wandte mich an Merrie. »Was hat Levent gesagt, wann sie da sind?«

»Wer ist Levent?«, fragte Sepp interessiert.

»Niemand!« Merrie schnappte zu wie eine Aus-ter und zog sich ihre Haare vors Gesicht.

»Er steht auf Merrie«, nuschelte Ken zwischen zwei Bissen Weißbrot hervor. »Und sie …«

»Das stimmt doch gar nicht«, unterbrach Merrie schrill und kniff ihren Bruder in den Arm. »Idiot!«

»Kinderkram«, er winkte gelangweilt ab.

»Wieso, ist doch nett«, sagte meine Mutter, und Sepp nickte. »Ich finde das auch gut, wenn ihr so schnell Freunde findet.«

Ich fragte mich mal wieder, warum Eltern solche Dinge immer kommentierten, obwohl ihnen klar sein musste, dass wir genau das nicht wollten. Es war sicher ein unbewusster Zwang. Die mussten das. Ein angeborener, unkontrollierbarer Eltern-tick.

Eine der Tanten ging langsam an unserer Terrasse vorbei. Sie war in ein blaues Tuch gewickelt, das an ihrem nassen Badeanzug und ihren Beinen klebte. Man merkte, dass sie angesprochen werden woll-te. Und meine Mutter tat ihr den Gefallen.

»Günaydın! Wie ist das Meer, Teyze?«

»Einfach himmlisch, meine Liebe«, gab sie zurück. »Eine köstliche Erfrischung.« Dabei beäugte sie unseren Tisch. »Guten Appetit.« Und entdeckte, dass etwas fehlte. »Ach, habt ihr denn gar keine Marmelade? Du musst nachher unbedingt zu mir kommen und dir ein Glas Aprikosenkonfitüre holen, ich habe sie gestern frisch eingekocht.«

»Ja, natürlich«, sagte meine Mutter. »Gern.«

»Vergiss es nicht, mein Mädchen.«

»Nein, Teyze«, versicherte meine Mutter. »Bis später.«

Die Tante lächelte in die Runde, und Sepp und meine Mutter lächelten zurück.

Nach dem Frühstück zog sich Ken aufs Dach zurück, weil er sich das »Gegurre« nicht antun wollte, wie er sagte. Ich war nicht böse. Er störte mich ohnehin mit seinen Sprüchen und seiner Überheblichkeit. Auch Merrie wirkte gelöst, als wir mit unseren Handtüchern unterm Arm zum Pool gingen.

Allerdings hatte er mit Levent voll ins Schwarze getroffen. Kaum hatte der uns gesehen, tauchte er mit einem Kopfsprung ins Wasser und zog von einem Ende des Pools bis zum anderen, ohne Luft zu holen. Dann hob er sich betont lässig über den Beckenrand, als würde er einen Klimmzug machen. Ich fand das ziemlich albern, aber Merrie schien es zu gefallen. Sie lächelte.

Wir setzten uns zu ihm und seinen Schwestern. Außer den dreien war noch niemand da. Ich streckte mich wohlig in der Sonne aus. Keine Tanten, keine Eltern, kein Ken. Nur Nergis, die mich fragte, ob ich ihre Sonnenmilch benutzen wollte. Wollte ich nicht, denn die hatte Lichtschutzfaktor Käseweiß. Ich nahm die meiner Mutter, die ein bisschen mehr durchließ. Nergis und Dilay setzten sich kurz darauf in den Schatten, um nicht braun zu werden. Das grelle Licht britzelte angenehm auf meiner Haut. Levent und Merrie tauschten ein paar englische Brocken, und ich überlegte, ob die beiden zusammenpassten. Rein farblich. Levent war Hellblau, natürlich. Nur nicht so leicht Violett wie Kismet, sondern eher kühler, türkisfarbener. Das ging zu Merries Feuerrot gar nicht. Ihre Farbe überstrahlte ihn wie die meisten anderen, weil sie zu mächtig war. Er würde darin verglühen. Sayan hätte zu Merrie gepasst. Sein tiefes Orange-Rot hätte es mit ihr aufnehmen können, doch der Gedanke gefiel mir nicht. Ich schwenkte rasch um zu Lou und Jarush. Was die beiden jetzt wohl machten? An einem Sonntagvormittag im März in Hannover? Regenspaziergang am Maschsee? Oder Lou mit ihrer Mutter allein zu Hause? Sich langweilend in ihrem Zimmer?

Beinahe wäre ich darüber noch mal eingeschla-

fen, wenn sich Osman nicht plötzlich mit Kriegs-
geheul in den Pool geworfen und mich mit einer
Ladung kalten Wassers aufgescheucht hätte.

»Osman!«, schrie ich. »Mann!«

»Hä? Was?« Grinsend tauchte er auf. »Unter
Wasser hören Killerotter schlecht!«

Merrie lachte, und auch ich konnte nicht ernst
bleiben.

»Du bist echt bescheuert!«

»Nee, Berliner.« Osman schüttelte sich neben
uns, dass die Tropfen nur so stoben.

»Ey«, rief jetzt auch Merrie. »Lass das!«

»Chillt ma.« Mit schiefgelegtem Kopf hüpfte er
auf einem Bein, um das Wasser aus seinem Ohr ablaufen zu lassen. Dabei merkte er nicht, dass sich
Cavit und Sayan von hinten heranschlichen und
ihn erneut in den Pool schubsten. Während er fiel,
jodelte Osman so gellend, dass ich kurz befürch-
tete, er hätte sich was getan. Cavit, Levent und
Sayan tauschten einen Blick, und als Nächste landete Nergis prustend und schimpfend im Wasser.
Dilay rannte vorsichtshalber davon, wurde aber
von Sayan eingefangen und unter heftiger Gegen-
wehr zurückgeschleppt. Und wenn Merrie und ich
gedacht hatten, dass sie uns verschonen würden,
weil wir uns noch nicht gut genug kannten, so hatten wir uns getäuscht. Zuerst hielten sie mich an

Armen und Beinen fest, warfen mich hinein und zerrten dann im Sprung die quiekende Merrie hinter sich her. Nach dem ersten Kälteschock, in dem ich noch überlegte, mich zu ärgern, war es super. Wir jagten uns gegenseitig durch den Pool, tauchten uns unter und spielten anschließend eine Runde Wasserball. Wir hatten so viel Spaß, dass ich erst wieder an Ken dachte, als er sich an den Beckenrand setzte.

»Was ist denn hier los?«

»Abkühlung, Mensch«, rief Osman. »Los, komm rein!«

Doch er schüttelte nur den Kopf. »Nee, lass mal.«

»Will er nicht?«, fragte mich Sayan auf Türkisch, und ich nickte.

»Warum?«

»Keine Ahnung«, sagte ich und gab die Frage an Ken auf Deutsch weiter. »Sayan will wissen, warum du nicht mitmachst.«

»So, will er das?« Ken zog spöttisch die Augenbrauen hoch. »Dann sag dem Vogel, dass ihn das nichts angeht.«

»Das sag ich ihm garantiert nicht«, fauchte ich so zornig, dass Sayan mich überrascht ansah. Ken lachte, und ich drehte mich von Sayan weg, um nicht zu zeigen, wie sehr ich mich für Ken schämte. Warum blieb er nicht auf seinem Dach, anstatt uns die Stimmung zu vermiesen?

Obwohl sie dem Wortwechsel nicht folgen konnten, merkten die anderen natürlich schnell, dass die Luft dick geworden war. Auch Osman schwieg. Seine überschäumende Fröhlichkeit war weg. Ich hatte das Gefühl, dass er nicht verstand, worum es ging. Genaugenommen verstand ich es selbst nicht. Ich wusste nur, dass Ken, seitdem wir hier waren, gereizt war. Vielleicht hatte es etwas mit Inés zu tun? Mit ihrem Freund und deren Urlaub? Als Levent vorschlug, zum Strand zu gehen, nahmen wir unsere Sachen und standen auf. Ken wusste sofort, dass dieser Aufbruch ihm galt, tat aber so, als wäre es ihm egal.

»Tss.« Kopfschüttelnd griff er nach seinem Handy und starrte hinein. Sayans Blick wanderte von ihm zu mir. Gern hätte ich gewusst, was er dachte, doch sein Gesicht verriet nichts. Ich tippte Merrie an, und wir gingen vor.

Aus der Entfernung sah ich meine Großeltern mit Sepp auf der Terrasse sitzen. Meine Mutter kam in einem neuen, rosa geblümten Teil hinzu, das wie ein großer Strampelanzug aussah. Ihr Bauch fiel darin gar nicht auf.

»Günaydın«, sagte Dede in die Runde, als wir bei ihnen ankamen. »Na, Kinder, wie geht es euch? Fühlt ihr euch wohl?« Wenn uns meine Großeltern auf Deutsch »Kinder« genannt hätten, wäre ich sicher genervt gewesen. In der Türkei aber war das normal. Ältere Menschen sagten oft »Kinder« zu Jüngeren, auch wenn diese selbst schon Kinder hatten. Dede schien bis auf Sayan alle zu kennen, denn er begrüßte sie mit Namen. Auch Merries hatte er nicht vergessen und wiederholte seinen Gruß für sie auf Englisch. Sayan nahm seine Hand, küsste sie ehrerbietig und führte sie an seine Stirn. Eine Geste, die ich seit Ewigkeiten nicht mehr gesehen hatte. Meinem Großvater schien sie nicht zu behagen. »Vielen Dank, mein Junge«, sagte er. »Aber das macht man nur bei alten Leuten!«

Wir lachten. Ja, das war mein Dede!

»Kommst du jetzt mit, Anne?«, fragte ich.

»Lass mal deine Mutter«, sagte Anneanne und tätschelte den Bauch ihrer Tochter. »Sie muss sich schonen. Der Flug, die Wärme und all das ist anstrengend genug. Außerdem«, fügte sie augenzwinkernd hinzu, »bist du ja auch nicht mehr die Jüngste, nicht wahr?«

»Ach, ihr seid so gut zu mir«, knurrte meine Mutter. »Was würde ich nur ohne euch tun?!«

»Wahrscheinlich Sandkuchen backen«, sagte Dede trocken. »Ich habe noch eine Schaufel und

Förmchen, die zu deinem … ähm … Kleid pas-
sen!«

»Baba!«

»Los, kommt.« Dede stand auf. »Sonst verhaut
mich deine Mutter noch.«

»Zia Bey«, sagte Sayan schnell. »Dürfte ich
vielleicht nach Bodrum mitfahren, ich habe noch
etwas zu besorgen.«

»Ja, natürlich«, sagte Dede. »Möchte noch
jemand von euch mit?« Auf Englisch fragte er
Merrie: »Was ist mit dir und deinem Bruder? Ihr
kennt die Burg noch nicht. Sie ist wirklich sehens-
wert.«

»Das ist eine gute Idee«, antwortete Anneanne
erfreut. »Eine sehr gute. Dann bleibe ich nämlich
auch hier, und du fährst mit den Kindern!«

Doch Merrie wollte lieber mit den anderen zu
den Felsen am Strand. Ken war nicht da und wäre
ohnehin nicht mitgekommen, das wusste ich. Blieben nur Sayan und ich.

Während ich in mein Zimmer lief, überlegte
ich, was ich anziehen sollte. Ich wusste nicht, ob es
mir recht war, dass er mitfuhr. Eigentlich wäre ich
mit Dede lieber allein gewesen. Wir hatten uns so
lange nicht gesehen, es gab viel zu erzählen. Allerdings lauerten da auch ein paar Stolperfallen, und
vielleicht war es besser, einen Unbeteiligten dabei-

zuhaben, vor dem Dede keine bohrenden Fragen stellen konnte.

Also, was jetzt? Ich zog einen kurzen Rock aus dem Schrank und hängte ihn zurück. Der blaue Fleck. Aus dem gleichen Grund fielen auch Hotpants und Kleider aus. Die Jeans waren zu warm. Dann die neuen Leggins, an denen noch das Preisschild hing und die ich noch nicht gewaschen hatte. Egal, sah gut aus. Besonders zu meiner grünen Lieblingsbluse. Ich schlüpfte in die Ballerinas. Ein letzter Blick in den Spiegel. Ich wuschelte mir durch die feuchten Haare, zog einen dünnen Kajalstrich über meine Augenlider und griff nach der Tasche.

Draußen erwartete mich ein ebenfalls fertig angezogener Sayan, der mit meiner Mutter und Anneanne plauderte. Wie hatte er das nur so schnell geschafft?

Er trug ein verwaschenes grau-blaues Shirt mit einem Emblem auf der Brust, Jeans und leicht verranzte Sneaker. Ein paar Strähnen fielen ihm ins Gesicht. Als er mich anlächelte, freute ich mich doch auf die Fahrt.

7
Das Plumpsklo in der Folterkammer

»Was brauchst du aus Bodrum, mein Junge?«, fragte Dede Sayan, der hinter uns im Auto saß. Ich hatte mich nach vorn gesetzt, weil mir auf der kurvigen Strecke sonst schlecht geworden wäre.

»Sojamilchpulver für meine Tante«, sagte Sayan, und als er den Blick meines Großvaters sah, erklärte er: »Sie verträgt keine Milch mehr, dafür nimmt sie jetzt immer das Pulver für ihren Kaffee.«

»Noch nie gehört, dass jemand keine Milch verträgt«, sagte Dede. »Zu meiner Zeit haben wir uns unter die Kühe und Ziegen gelegt, wenn wir Durst hatten. Das ist uns allen gut bekommen.«

»Das muss aber lange her sein«, sagte ich. »Erinnerst du dich wirklich daran?«

»Aber selbstverständlich«, rief Dede. »So genau, als wäre es gestern gewesen. Ich spüre sogar noch die Steinchen im Rücken.«

»Dede!«

»Was?« Erschrocken riss er die Augen auf. »Wer, wer sind Sie? Und wohin fahren wir, Fräulein?«

»Dede hör auf, du hast kein Alzheimer!« Ich

91

stieß ihn an, doch er lachte nur. »Was denn? Besser, wir üben schon mal. Wenn ich alt bin, vergesse ich's vielleicht!«

Eine halbe Stunde später erreichten wir Bodrums Altstadt, parkten den Wagen in einer verwinkelten Gasse und stiegen aus. Sayan schob die Schnürsenkel in seine Schuhe.

»Dann gehe ich mal. Wann fahren Sie zurück, Zia Bey?«

»Willst du nicht die Burg ansehen?«, fragte ihn Dede und sah dann mich an. »Oder? Das wäre doch nett, wenn Sayan uns begleitet.«

Unsicher wanderte Sayans Blick von Dede zu mir.

»Nein, danke. Ich möchte keine Umstände machen.«

»Du machst keine Umstände! Du tust uns einen Gefallen, nicht wahr, Jannah?«

Ich wurde rot. Genau daran hatte ich während der Autofahrt gedacht.

»Ja«, murmelte ich.

»Dein Pulver können wir auf dem Rückweg kaufen«, sagte Dede, als Sayan noch immer nicht antwortete. »Das gibt es sicher im Supermarkt an der Hauptstraße.«

»Aber«, wandte Sayan ein, »Sie und Jannah sehen sich so selten, … da will ich nicht …«

»Du störst nicht, mein Junge«, unterbrach ihn Dede. »Wir möchten gern, dass du mitkommst.«

»Danke, Zia Bey«, lächelte Sayan. »Das ist sehr freundlich von Ihnen, ich ...«

»Schon in Ordnung«, fuhr ihm Dede erneut dazwischen und ging voraus. »Los Kinder, bis wir die ganzen Höflichkeiten erledigt haben, ist die Burg zu.«

»Mach dir nichts draus«, sagte ich zu Sayan. »Er ist nur so, weil er keinen Dank mag.«

»Richtig«, bestätigte Dede, ohne sich umzudrehen. »Vor allem aber quasselt ihr jungen Leute heute einfach zu viel.«

Ich lachte. »Das ist nun mal so im Zeitalter der Kommunikation.«

»Allah, Kommunikation«, stöhnte Dede. »Was für ein neumodischer Schnickschnack!«

»In Deutschland wird noch mehr geredet.«

Sayan schmunzelte. Ich merkte ihm an, dass er sich freute, bei uns zu sein.

Rings um den Hafen von Bodrum zogen sich die typischen weißen Häuser an den Hängen hoch und bildeten einen schönen Kontrast zum blauen Himmel. Das Kastell von Sankt Peter war auf eine breite Landzunge gebaut, die eine Seite des Yachthafens begrenzte. Auf der anderen Seite befanden sich Anlegestellen für Segelboote und Yachten. Sie lagen nebeneinander an den Stegen oder dümpelten träge im Hafenbecken. Das Metall an ihren gerefften Segeln klingelte. Über ihnen kreisten Möwen und stießen herab, wenn etwas nach einem guten Bissen aussah. Die Sonne streute Glitzer ins Meer. Ich blinzelte zufrieden.

Vom Haupttor gingen wir über flache Stufen und eine Brücke zu einem weiteren Tor, passierten eine Pforte und waren im Inneren des Kastells.

»Das ist eine Kreuzritterburg«, erklärte Dede Sayan. »Im Mittelalter von Johannitern in etwa hundert Jahren erbaut. Mit Steinen, die vom Grabmal des Königs Mausolos stammten, einem der sieben Weltwunder.«

»Das habe ich schon mal gehört«, nickte Sayan. »Aber hier war ich noch nie.«

»Dann wird es höchste Zeit, mein Junge. Das ist lebendige Geschichte.«

»Ein Deutscher hat es gebaut«, sagte ich.

»Angefangen, ja«, sagte Dede. »Aber es ist eher eine Gemeinschaftsarbeit von Deutschen, Spaniern, Engländern, Franzosen und Italienern. Jede Nation hat ihren eigenen Turm mit Sehenswürdigkeiten. Und heute ist hier auch das bedeutendste Unterwasserarchäologiemuseum der Welt untergebracht.«

In den drei Jahren, die ich nicht in Bodrum gewesen war, hatte sich nichts verändert. Die grauen klotzigen Mauern wirkten abweisend wie eh und je. Doch im Burghof verwandelte sich die Festung wieder in ein Märchenschloss. Unzählige Vögel zwitscherten und flatterten durch einen Park voller Palmen, Akazien und Kakteen, Lorbeer- und Olivenbäume, Granatäpfel und Maulbeeren. In den Beeten blühten, neben Rosen und Nelken, auch viele exotische Blumen in schillernden Farben und machten diesen Ort zu einem duftenden Paradies. Gerade jetzt im Frühling schien jedes Gewächs das andere übertrumpfen zu wollen.

Nur den Pfauen, die auf den steinernen Wegen stolzierten, war das egal. Kein einziger schlug ein Rad. Sie zogen ihre langen Federschweife hinter sich her und pickten nur herum. Sogar ein weißer war unter ihnen. Ich wusste gar nicht, dass es weiße Pfauen gab. Dede wies auf eine Grünpflanze mit violetten Blüten.

»Kennt ihr die?«

Wir schüttelten die Köpfe.

»Das ist eine Mandragora, auch Alraune genannt. Es gibt sie kaum noch. In der Antike wurde sie von Medizinern zum Betäuben benutzt.«

Als ich dabei an die antiken Operationstechniken dachte, von denen Dede früher einmal erzählt hatte, wurde mir schlecht. Links von uns lagen unter einem Vordach römische, griechische und tunesische Amphoren, die von Schwammtauchern aus dem Meer geholt worden waren. Die meisten waren heil, hier und da konnte ich noch die Spuren des Meeres entdecken. Kleine löchrige Knubbel, in denen sicher Generationen von Krebsen gewohnt hatten. Ich stellte mir die Menschen vor, die den Ton gesammelt, geknetet und so lange geformt hatten, bis aus einem Klumpen Schlamm ein Gefäß geworden war. Ich stellte mir vor, wie sie die Krüge und Amphoren in die Sonne zum Trocknen gelegt, danach im Feuer gehärtet und dann so lange benutzt hatten, bis sie beim Untergang des Schiffes in der Tiefe verschwanden. Damit waren auch die fiesen Bilder in meinem Kopf verschwunden, und ich hielt nach Dede und Sayan Ausschau.

Vor einem gut erhaltenen Wrack aus der Bronzezeit holte ich sie ein. In seinem Inneren hatte man viele Schätze gefunden. Schmuck aus Gold und Silber, Kupferbarren, Bronzeschwerter, einen Skarabäus der Königin Nofretete, Elfenbein aus Afrika und Bernstein aus der Ostsee.

»Stellt euch das mal vor«, sagte Dede. »Im 14. Jahrhundert vor Christus! Wer da mit wem über welche Entfernungen schon Handel getrieben haben muss! Unfassbar, oder?!«

Ich lächelte über Dedes Begeisterung und ertappte Sayan dabei, wie er mich beobachtete. Vielleicht lag es an ihm, dass ich nur mit halbem Ohr zuhörte. Er sah mich ein bisschen zu oft an.

Wir schlenderten zum französischen Turm und stiegen mit anderen Besuchern zur höchsten Plattform der Festung hinauf. An den Rand der dicken Mauern ging ich nicht, weil ich nicht runtergucken wollte. Fünfzig Meter Abgrund vor mir, das konnte ich nicht gut sehen. Sayan schon. Er beugte sich so weit über die Mauer, dass ich ihn fast zurückgezogen hätte. Ich ließ lieber den Blick weit über die Bucht und den Hafen schweifen. Reichte auch. Die Sonne hatte ihren Bogen durchschritten und neigte sich langsam zum Meer. Dünne Wolken streiften am Horizont entlang. Ich lehnte mich an Dede. Er legte seinen Arm um mich und gab mir einen Kuss auf die Stirn.

Vom nahegelegenen Minarett ertönte ein krachendes Geräusch, als der Lautsprecher eingeschaltet wurde. Ich hielt mir die Ohren zu, weil ein Muezzin aus dieser Distanz sehr durchdringend sein konnte. Doch es rauschte und knackte nur. Gesang kam keiner.

»So«, sagte Dede vergnügt, »jetzt die Folterkammer.«

»Muss das sein?« Ich verdrehte die Augen, Sayan grinste.

»O ja, Güzelim. Das gehört zum Anschauungs-
unterricht. Man wird sich oft erst seines eigenen
Glücks bewusst, wenn man vom Unglück anderer
weiß.«

»Du redest wie ein Oberlehrer«, brummelte
ich.

»Ja, nicht wahr? Ich bin auch ganz verwundert.«

Als wir den Gang betraten, der zum Kerker führte, hörten wir das Krächzen von Raben. Wir drei
waren allein. Ich sah mich um, konnte aber nichts
entdecken. Ob sie draußen nisteten und sich die
Geräusche durch Schießscharten oder sonst was
nach innen übertrugen? Vielleicht war es auch einfach nur zu finster hier drin? Man hatte in einigem
Abstand Teelichter am Boden aufgestellt. Sie fla-
ckerten unruhig, obwohl sie in Gläsern steckten.
Dicht an Dede gedrängt, erwartete ich, dass uns
hinter der nächsten Ecke schwarze Vögel auflauern
und sich auf uns stürzen würden. Doch da war nur
das heisere Krächzen. Unheimlich! Die Tür der
Folterkammer schwang von allein auf. Auch hier
war es bis auf schwache rote Lichter dunkel. Sche-
menhaft hoben sich darin lebensgroße Puppen ab,
die als Gefangene mit den Armen nach oben ange-
kettet waren. Dazu setzte nun ein Chorgesang ein,
der mir sämtliche Haare zu Berge stehen ließ. Die
Raben waren weg. Sie hätte ich jetzt lieber gehört

als diese tiefen Stimmen, wie aus einem Kloster, aus einer Gruft.

In einem Schaukasten lagen die Folterinstrumente, und man brauchte nicht viel Phantasie, um sich die grässlichsten Quälereien vorzustellen. Dede und Sayan standen fasziniert davor, lasen die Schautafeln und beschrieben die Methoden, bis ich protestierte. Ich hatte genug. Ich wollte raus. Sofort!

Mir zuliebe verließen wir dann endlich den unfreundlichen Ort, und ich atmete auf, als wir wieder an die frische Luft und ins Helle traten.

»Puh. Das ist nichts für mich.«

»Ja«, stimmte Sayan zu. »Es ist schrecklich, aber auch sehr interessant.«

»Finde ich auch«, sagte Dede. »Fehlt nur noch das Massengrab der Sklaven.«

»O nein!«, rief ich. »Ohne mich!«

»Gut«, sagte Dede. »Kann ich dann mit Sayan allein gehen? Ist das in Ordnung für dich?«

»Ja sicher.«

»Wirklich?«, fragte Sayan. »Also, ich muss nicht unbedingt.«

»Aber es interessiert dich doch, oder?«

»Ja schon, nur wenn du dann hier so allein …«

»Ich komme schon klar«, versicherte ich. »Geht ihr nur.«

»Vergiss nicht, Sayan«, flüsterte Dede, »meine Enkelin ist eine Deutsche, die brauchen keinen Beschützer.«

»Pfff!« Ohne Sayans Reaktion abzuwarten, drehte ich mich um. »Bis später. Ich warte dann dahinten unter der Platane auf euch.«

Während sich die beiden noch die mumifizierten Überreste von Sklaven ansahen, die auf Galeeren ein trauriges Dasein gefristet hatten, ging ich in den ehemaligen Rittersaal. Dort gab es antike Glaskugeln und Flaschen, deren Zweck deutlich sinnvoller war.

Danach setzte ich mich müde unter den Baum. Ein Pfau kam mit ruckendem Kopf und hängendem Schweif den Weg entlang. Seine Brustfedern glänzten in einem kräftigen Blau. Eine Mutter gab ihrer kleinen Tochter ein Stück Brot, und sie ging damit auf den Pfau zu. Der schrie einmal laut »Au!«, das Kind ließ das Brot fallen und rannte ebenso laut schreiend zu seiner Mutter zurück. Der Vogel verschlang das Brot in einem Haps und stakste davon. Einige Besucher lachten, doch ich konnte nichts Witziges daran finden, dass sich die Kleine erschreckt hatte. Nur wegen des blöden Pfaus, der nicht mal sein Rad schlug.

Als Dede, Sayan und ich die Burg verließen,

begann es bereits zu dämmern. Wir hatten einige Stunden in dem alten Gemäuer zugebracht, und ich war froh, nun wieder in der Neuzeit anzukommen. Bis auf Weiteres brauchte ich keine Besichtigung mehr.

»Wollen wir essen gehen?«, fragte Dede. »Habt ihr Hunger?«

Ich nickte und sah Sayan an.

»Nein, Zia Bey«, er schüttelte den Kopf. »Das ist wirklich sehr nett, aber ich gehe einkaufen, während Sie mit Jannah essen.«

Ich dachte, dass er sicher ebenfalls hungrig war, es aber nicht zeigen wollte, damit sich Dede nicht verpflichtet fühlte, ihn noch einmal einzuladen. Doch mein Großvater winkte ungeduldig ab.

»Ach, was frage ich überhaupt? Dort drüben gibt es ein Lokal. Die machen eine phantastische Pansensuppe, die brauche ich jetzt, kommt.«

Ich wusste, dass Dede gern spezielle Gerichte aß, deren Geruch allein mir manchmal schon zu schaffen machte. Pansensuppe war eins davon. Aber ich musste ja nicht unbedingt meine Nase reinhalten.

Da es merklich kühler geworden war, setzten wir uns in den Gastraum. Wir hatten Glück, dass gerade ein Tisch frei wurde, denn alle übrigen waren besetzt. Es war ein klassisches türkisches

Lokal, die meisten Gäste waren Einheimische, und die meisten waren Männer.

Es kam mir schon komisch vor, mit Sayan und meinem Großvater zusammen an einem Tisch zu sitzen. Dede war mir sehr vertraut, wir hatten uns nur etwas entwöhnt. Ohne Sayan hätten wir sicher schnell wieder unsere alte Ebene gefunden. Sayan war mir fremd, und ich konnte ihn nicht ungestört beobachten, wie ich das sonst tat, wenn ich jemanden nicht einschätzen konnte. Vor Dede war er sehr zurückhaltend, ja fast schon schüchtern. Obwohl, bei unserer ersten Begegnung am Strand war er das mir gegenüber auch gewesen. Vielleicht nicht ganz so extrem. Ich überlegte, ob ich je näher mit einem türkischen Jungen zu tun gehabt hatte. Klar, in unserer Klasse und in unserer Schule gab es einige, aber mit ihnen verband mich nichts. Ich hatte keine türkischen Freunde. Weder Mädchen noch Jungs.

Seltsam eigentlich. Und in unserem letzten Bodrum-Urlaub hatte ich nur ein paar Mädchen kennengelernt. Da war ich aber auch erst elf gewesen. Selbst meine Mutter hatte bis auf Meliha, die in Istanbul lebte, nur deutsche Freunde.

Während Sayan eine Vorspeise bestellte, beobachtete ich ihn. Mein Vater sagte immer, den Charakter eines Menschen erkennt man daran, wie er mit Kellnern umgeht. Sayan war freundlich. Er lächelte den Mann an, der unsere Bestellung aufnahm. Dede war auch freundlich, aber bestimmender.

»Was, das bisschen?«, fragte er. »Ihr müsst etwas Richtiges essen!«

»Nein, nein«, versicherte Sayan hastig. »Das reicht mir wirklich, vielen Dank.«

»Mir auch.«

»Bring uns noch einen großen Salat«, sagte Dede zum Kellner. »Und Brot mit Humus, Cacık und Oliven. Und drei Cola.«

Ich hätte lieber einen Orangensaft gehabt, sagte aber nichts. Auch Sayan ging darüber hinweg. Dede trank, seit ich denken konnte, Cola und dachte wahrscheinlich, dass auch alle anderen das so gern mochten wie er. Als die Getränke kamen, stießen wir an.

»Şerefe! Auf diesen schönen Tag!«

»Ja«, sagte Sayan. »Vielen D…«

»Wie alt bist du, mein Junge?«, unterbrach ihn Dede.

»Siebzehn«, lächelte Sayan und nippte an seiner Cola. »Im Mai werde ich achtzehn.«

»Dann bist du ja bald mit der Schule fertig. Weißt du schon, wie es für dich weitergeht?«

Sayan nickte. »Ab Herbst studiere ich Medizin.«

»Alle Achtung!« Dede gab einen anerkennenden Pfiff von sich. »Ehrgeizige Pläne.«

»In Istanbul?«, fragte ich.

»Ja.«

Der Kellner stellte die Vorspeisen und das Fladenbrot auf den Tisch. Es war noch ganz warm.

»Was macht dein Vater?«, fragte Dede und fuhr mit einem Stück Brot durchs Humus.

»Er ist Zahnarzt. Hat eine Praxis, in die ich später einsteigen kann.« Er grinste. »Wenn ich alles richtig mache.«

»Und dein Onkel?«, fragte Dede. »Was macht dein Onkel?«

»Er ist Bauunternehmer. Wohnt in Antalya.«

»Wir kommen auch aus Antalya. Eine gute Stadt zum Leben.« Dede bestellte gleich noch einen Korb mit Brot. »Weißt du noch, Jannah, wie du früher gesagt hast, ›Ich komme vom roten Berg‹?«

»Ja, natürlich«, lächelte ich. »So ist es auch heute noch.«

»Wirklich?« Dede hob überrascht die Augenbrauen. »Siehst du immer noch rote Berge?«

»Nein, Dede«, seufzte ich. »Ich sehe keine roten Berge. Antalya ist für mich ein roter Berg.« Mein Großvater wusste zwar von meiner Fähigkeit, aus Worten farbige Bilder zu machen, so richtig verstanden hatte er es jedoch nie. Konnte man vielleicht auch nicht. Und Sayan sah mich jetzt so neugierig an, dass ich es nochmals erklärte.

»Kannst du das auch mit Namen?«, fragte Sayan.

»Klar. Willst du deine Farbe wissen?«

»Gern. Nur bitte, sag nicht Rosa!«

Ich lachte. »Nein, du bist Orange-Rot, ziemlich dunkel, wie eine Blutorange.«

»Da bin ich ja beruhigt«, lachte auch Sayan. »Ich hatte zwar auf Blau gehofft, aber Blutorange geht auch.«

»Und was bin ich?«

»Willst du Dede oder Zia wissen?«

»Beides.«

»Dede ist Beige bis Hellgelb, ein leichter Ocker-ton. Und Zia ist«, ich legte den Kopf schief, »ein kräftiges Lila.«

»Igitt!« Dede verzog den Mund. »Da bin ich doch lieber Ocker.«

»Und welche Farbe hast du selbst?«, fragte Sayan. Ich sah ihn verblüfft an.

»Mein Nachname Kismet ist Himmelblau«, begann ich langsam. »Und Jannah ...« Verflixt noch eins! Das konnte doch nicht sein, dass ich für mich selbst keine Farbe hatte, oder? Es sah erst aus wie kräftiges Gelb, aber dann auch wieder nicht. »Ich kann es nicht sagen.«

»Du hattest schon immer eine blühende Phantasie«, lächelte Dede. »Dazu fällt dir sicher beizeiten noch was ein.«

»Glaubst du, ich denke mir das aus?«

»Ja, Güzelim. Das glaube ich. Und du machst das sehr gut!«

Ich schwieg gekränkt. Gerade von meinem Großvater hatte ich mehr erwartet. Mehr Verständnis, mehr Bewunderung, mehr Bedingungslosigkeit. Dass er das als kindlichen Spleen abtat, enttäuschte mich. Als hätte er meine Gedanken gelesen, legte er seine Hand begütigend auf meine.

»Natürlich glaube ich, dass du die Farben siehst, Jannah.« Dedes warme braune Augen ruhten auf mir. Eine weiße Haarsträhne stand von seinem Schopf ab, und seine faltige Hand mit den vielen braunen Flecken strich über meine. »Natürlich sind sie so, wie du sie dir denkst.«

Ich zuckte die Schultern. Seine Worte versöhnten mich zwar für den Moment, aber hatte er begriffen, was in mir los war? Konnte das jemals irgendeiner verstehen? Konnte überhaupt ein Mensch den anderen wirklich verstehen?

Ich wäre jetzt gern allein gewesen. Hätte mich in mein Schneckenhaus verkrochen und über meine Farbe nachgedacht. Über mich. Stattdessen saß ich mit einem, der mich seit meiner Geburt kannte, der jede Regung in meinem Gesicht ablesen konnte, und einem, der mich so nicht kennenlernen sollte, beim Essen und konnte nicht flüchten. Nicht mal aufs Klo ging, weil ich mich auf einmal so verkrampft fühlte. Und Sayan fragte: »Wo bist du eigentlich lieber? In Deutschland oder in der Türkei?«

Noch so ein Thema. Wenn ich gekonnt hätte, wäre ich spätestens jetzt aufgestanden. Hätte mich entschuldigt und verzogen. Doch es ging nicht. Auch der Gedanke an ein Plumpsklo mit Wasserschlauch oder Ein-Liter-Messbecher zum Nachspülen, das es in einfachen Restaurants wie diesem überall gab, machte es nicht leichter. Daher blieb ich sitzen und überlegte. Bisher hatte ich auf die Frage, die früher oder später immer von irgendjemandem kam, diplomatisch geantwortet. Ich finde beide Länder schön, oder schwer zu sagen, oder hier ist das Wetter besser, da die Schule, obwohl ich es wusste.

»In Deutschland«, sagte ich.

»Warum?«

»Weil es hier so ganz anders ist«, dachte ich. »Weil ich die Sprache nicht perfekt beherrsche, weil ich vieles nicht verstehe, mir viele Regeln nicht klar sind und ich mich nicht frei genug fühle. Vielleicht auch, weil meine Mutter nie wieder zurückgehen würde.«

»Weil ihre Mutter unbedingt auswandern musste«, sagte Dede halb im Scherz, halb im Ernst.
»Dieses riesige wunderbare Land wurde ihr zu
eng.«

»Genau«, hätte ich beinahe gerufen, »genauso
ginge es mir auch.« Gut, dass Sayan da war. Dede
und ich hätten sonst vielleicht noch gestritten. Ich
überging die Spitze in seinem Einwurf und sagte:
»Wahrscheinlich, weil ich in Deutschland aufgewachsen bin. In der Türkei war ich bisher nur
im Urlaub.«

»Und willst du mal hier leben?«, hakte Sayan
nach.

»Ich denke nicht«, sagte ich, »das wäre zu kom-
pliziert.« Dankbar sah ich den Kellner an, der
unser Essen brachte und mich vor weiteren Erklä-
rungen bewahrte.

»So ist es«, schloss Dede. »Deshalb wenden wir
uns nun den einfachen Dingen des Lebens zu. Esst
Kinder! Afiyet olsun!«

8
Krass wiehernde
Vogelspinne

»Die schmecken nicht wirklich, oder?« Skeptisch beäugte mich Ken, als ich in die kleine grüne Pflaume biss.

Wir saßen zu dritt am Esstisch. Am frühen Morgen hatte Regen eingesetzt. Ken war von den ersten Tropfen geweckt worden, die durch die Blätter drangen, und hatte sich ins Wohnzimmer gesetzt, bis wir aufgestanden waren.

Ich streute Salz auf die Frucht und steckte sie mit triumphierendem Blick auf Ken ganz in den Mund.

Merrie nahm auch eine, biss ein kleines Stück ab, streute ebenfalls Salz darauf und biss wieder ein kleines Stück ab.

»Unreife Pflaumen mit Salz, na lecker!«

»Gar nicht so schlecht. Nur etwas …«, Merrie kniff ein Auge zu und spitzte die Lippen, »sauer.«

Ken schüttelte sich. »Uuah, da krieg ich schon vom Zugucken Gänsehaut!«

Ich sah ihn spöttisch an und nahm noch ein Erik.

Sayan schnitt entschieden besser ab. Er war

freundlich, aufmerksam und rücksichtsvoll. Und braune Augen hatte er auch. Und keine O-Beine. Und überhaupt war er total süß.

Auf der Rückfahrt am Abend hatten wir beide hinten gesessen. Ich war sehr müde, und als Dede den Wagen vor der Anlage parkte, fuhr ich erschrocken hoch, weil mein Kopf auf Sayans Schulter gesackt war. Doch er hatte weder etwas gesagt noch komisch geguckt. Nur beim Verabschieden gab es ein peinliches Hin und Her, weil wir nicht wussten, ob wir uns die Hand geben oder in den Arm nehmen sollten. Wir machten dann irgendwie beides und stießen beim Wangenkuss so unbeholfen mit den Gesichtern zusammen, dass ich mich am liebsten in Luft aufgelöst hätte. Zumal Dede lächelnd neben uns stand und ich wusste, was er dachte. *So einen guten Jungen wünsche ich ihr!*

Als ich auf dem Weg in mein Zimmer die Küche durchquerte, stand Ken mit einer Schale Müsli am Tresen. Sonst war keiner da. »Na, Protokoll schon geschrieben?«

»Wieso?«

»Damit du von Opi eine gute Zensur kriegst«, er schob sich einen gehäuften Löffel in den Mund, ein Tropfen Milch hing an seiner Unterlippe.

»Ach, halt doch die Klappe.«

»Gab's 'ne Panne, oder was?« Ken grinste mit

sämigen Flocken an den Zähnen. »Hat er dich ab-
blitzen lassen?«

»Du bist einfach nur widerlich!« Obwohl ich
sofort in meinem Zimmer verschwand, hörte
ich noch sein aufgeblasenes »Tss!« hinter mir her
zischen. Ich lehnte mich an die geschlossene Tür.
Dieser Vollidiot!

Er störte. Er nervte. Es ärgerte mich derartig,
dass ich nicht einschlafen konnte. Dafür bekam
Lou jetzt siebenundzwanzig SMS auf einmal, deren
wesentlicher Inhalt aus Es gibt keinen beschränkteren
Typen auf der Welt als Ken Sander! bestand.

Sie schrieb zurück, ich solle nicht so einen Stress
machen, (Das war mein Satz!), er würde sich schon
wieder einkriegen und gegen meinen Liebeszauber
sei er ohnehin machtlos.

Ich schrieb, dass mir der Zauber sonstwo vor-
beiginge, weil ich ihn gar nicht gemacht hätte.

Sie schrieb »Waaas???«. Und ich »Richtig gelesen!
Over and out!«

Danach wälzte ich mich erst recht im Bett herum. Ging noch einmal durchs Kastell, wurde dabei von schwarzen Pfauen angegriffen, stürzte vom
Turm in den Kerker, stritt mit Dede, weil er mich
an Sayans Zahnarzt verkauft hatte, und bewarf Ken
mit Haferflocken, weil er mich ankrächzte. Ich
kam erst zur Ruhe, als der Regen begann. Das

gleichmäßige Prasseln auf dem Dach hatte etwas Einschläferndes. Doch nur kurz, denn gleich darauf ging im Wohnzimmer der Fernseher an. Bis ich die Verbindung zwischen Regen und Fernsehen hergestellt hatte, vergingen einige Minuten. Mein Hirn arbeitete in diesem Zustand nur langsam. Ich zog das Kissen über den Kopf und konnte bei den durchlässigen Wänden immer noch jedes Wort verstehen.

»Ken!«, schrie Merrie aus dem Nachbarzimmer, und zum ersten Mal hätte ich sie knutschen können. Na, fast. Erst wurde es noch lauter, dann plötzlich still. Nur die Wassertropfen klopften ihren eigenen Rhythmus über uns. *Tocktocktock Tocktock …* Es klang wie die ersten Töne von *Underneath your clothes*. Und ohne dass ich es wollte, sang Shakira für mich. Mist. Mit jeder Zeile wurde ich wacher, weil ich zwar den Refrain kannte, aber nicht den ganzen Text. Es machte mich wahnsinnig, wenn ich an einer Stelle hakte, obwohl das Lied längst zu meiner zweiten Haut geworden war.

Seufzend stand ich auf und ging duschen. Eigentlich hatte ich Ken danach zur Rede stellen wollen, ihn richtig anschnauzen, ob er noch zu retten war, mitten in der Nacht so einen Lärm zu machen. Doch als ich ihn dann da sitzen sah, mit glasigen Augen und verknautschtem Gesicht, war es auch schon wieder vorbei. Irgendwie schaffte er es immer. Ich konnte ihm einfach nicht lange böse sein. Meine Mutter und Sepp schliefen noch. Entweder hatten sie nichts gehört, oder es war ihnen egal.

»Was habt ihr eigentlich gestern noch gemacht?«, fragte ich.

»Nichts Besonderes«, sagte Merrie. »Wir waren nur an den Felsen. Aber guck.« Sie zog ihr Shirt etwas von der Schulter. »Ich hab schon einen Streifen.«

»Schwachsinn!«, gähnte Ken. »Da ist gar nichts.«

»Jawohl! Guck doch!« Merrie hatte recht. Trotz ihrer dunklen Haut zeichnete sich dort, wo das Band des Bikinis gewesen war, ein Farbunterschied ab. Kaum zu sehen, aber er war da.

»Und Levent hat ihr einen Heiratsantrag gemacht.«

»Halt den Mund!« Merrie patschte ihm an den Hinterkopf. »Dummschwätzer!«

»Und sie hat Ja gesagt.«

Merrie holte wieder aus, doch Ken fing ihre Hand ab, bevor sie in seinem Gesicht landete.

»Lass mich los, du Trottel!« Zornig versuchte sie sich aus der Umklammerung ihres Bruders zu befreien, doch er fasste auch noch ihr zweites Handgelenk und lachte.

»Ich hau dir gleich eine rein!« Merrie kochte, und ich konnte sie verstehen.

»Ja super, ohne Arme!« Ken wieherte, und Merrie versuchte ihn zu treten, was ihr nicht gelang.

»Was ist denn hier los?« Sepp stand barfuß, in Shirt und Boxershorts, neben uns. »Wer hat wozu ja gesagt?«

Ken ließ Merrie los, und sie schlug gleich noch einmal fest zu.

»Aua«, rief Ken. »Hast du das gesehen? Die schlägt mich!«

»Merrie, was soll der Quatsch? Wieso machst du das?«

»Weil er ein Arschloch ist«, schluchzte Merrie, stürmte in ihr Zimmer und knallte die Tür hinter sich zu.

»Meine Güte.« Sepp schüttelte den Kopf. »Müsst ihr am frühen Morgen schon zanken?«

»Was kann ich dafür, wenn sie so empfindlich ist?«, meckerte jetzt auch Ken. »Nichts darf man sagen, nicht den kleinsten Scherz! Sofort geht sie ab wie ein Zäpfchen. Zum Kotzen ist das hier!« Damit verließ auch er die Küche.

»Puh«, machte Sepp. »Da fängt doch der Tag gleich richtig gut an, was Jannah?«

Ich zuckte die Schultern und ging in mein Zimmer. Es regnete immer noch. Über den Bergen ballten sich dichte graue Wolken, in denen die Gipfel verschwanden. Dort regnete es sicher noch stärker. Vielleicht hagelte es sogar.

Die Blätter des Zitronenbaums wippten unter den Tropfen. Weiße Blüten, gelbe und grüne Früchte hingen gleichzeitig am Baum. Ich sollte später ein paar pflücken und Saft pressen.

Was Sayan wohl machte? Ob er schon wach war? Nergis, Dilay und die anderen waren am Vorabend nach Hause gefahren, weil sie heute Schule hatten. Sie würden erst am nächsten Wochenende wiederkommen. Vielleicht ganz gut, dann würde Merrie nicht ständig mit Levent zusammentreffen und sich nachher kein Geläster anhören müssen. Andererseits war ich nun für den Rest der Woche mit Sayan, Ken und Merrie allein. Ob das nun so toll war?

Ich legte mich aufs Bett, griff nach meinem Buch und begann zu lesen. Doch ich schweifte immer wieder ab. Warum musste Ken Merrie und mich dauernd provozieren? Warum ließ er uns nicht in Ruhe? Und warum schob sich Sayan ständig in meine Gedanken, obwohl er mir egal war?

Ich sah sein Winken zum Abschied, sein Lächeln und seinen Blick. War er das wirklich? War er mir egal? Hätte ich es gut gefunden, wenn auch er gefahren und erst am Wochenende wiedergekommen wäre? Ja, aber nicht, weil ich ihn nicht sehen wollte, sondern weil er mich genauso in Verlegenheit brachte, wie Levent das mit Merrie tat. Und er konnte genauso wenig dafür wie Levent. Ein einziges Chaos war das. Nicht mal richtig aus dem Weg gehen konnte man sich hier.

Gereizt warf ich das Buch zur Seite. Es hopste vom Bett und landete etwas entfernt von mir mit geöffnetem Einband auf dem Boden. Jetzt waren Knicke im Papier. Ich wollte gerade aufstehen, da bewegte es sich. Es hob sich ganz leicht, und ich starrte hypnotisiert darauf. Beim ersten Bein des fetten Untiers, das sich zwischen den Seiten hervorwagte, schrie ich schon. Doch aus meiner Kehle drang kein Laut. Nicht ein einziger. Ich hatte das Gefühl zu ersticken. Wie im Albtraum. Ich konnte nichts tun. Ich bekam keinen Ton heraus, konnte nicht weggucken, mich nicht bewegen, nichts. Die Spinne krabbelte direkt auf mich zu. Wurde dabei größer und größer. Die Beine dicker und haariger. Und ich war kurz vor dem Tod. Ich dachte, gleich ist es so weit. Gleich ist sie bei mir und ich kollabiere. Wenn sie mich berührt, ist alles vorbei.

Der Boden vibrierte, die Spinne erstarrte, die Tür ging auf.

»Kommst du mit shoppen?«

Merrie kam herein, die Spinne sauste zurück in ihr Versteck.

»Da«, ich zeigte auf das Buch. »Da.«

»Dada, ja sehr hübsch«, sagte Merrie ungeduldig. »Kommst du mit nach Bodrum? Bei dem Mistwetter kann man eh nichts anderes machen.«

Ich sah sie an und heulte.

»Uups, was ist denn nun kaputt?«

»D d d…as T t t…ier«, brachte ich mühsam hervor und zeigte immer noch auf mein Buch.

»Hä? Was?« Merrie hob es auf, ich kreischte, kniff die Augen zusammen und hielt mir die Ohren zu.

»Sag mal, spinnst du jetzt? Hier ist doch gar nichts«, sie drehte das Buch herum, schüttelte die Seiten aus, und sehr zaghaft öffnete ich ein Auge.

»Guck!«, sagte sie. »Hier ist wirklich nichts.«

»Kann man nicht mal in den Ferien seine Ruhe haben, Herrgottnochmal?« Meine Mutter kam im Morgenmantel und Hausschuhen ins Zimmer geschlurft. Verschlafen rieb sie sich die Augen. Der Frotteegürtel war direkt unter ihrer Brust gebunden. »Bei dem Krach krieg ich noch vorzeitige Wehen!«

»Da war eine Spinne«, hauchte ich und schüttelte mich vor Ekel. »Eine riesige.«

»Musst du dann jedes Mal so schreien? Die sind doch harmlos!«

Merrie ging in die Küche und kam mit einem Glas und einem Papiertuch wieder.

»Nein«, sagte ich kleinlaut. »Das ist es ja. Wenn ich sie sehe, kann ich gar nicht schreien.«

»Ach nein, und wer hat dann hier rumgebrüllt, Jannah?«

Ich wollte gerade etwas erwidern, als Merrie mir das Glas hinhielt. Panisch fuhr ich zurück.

»Aaaahhhh! Weg!«

»Jetzt reicht's aber«, schimpfte meine Mutter. »Wegen so einem mickrigen Wesen machst du so einen Aufstand? Ich fasse es nicht!«

»Na ja«, grinste Merrie. »Ich hab schon kleinere gesehen, aber Vogelspinnen sind eindeutig größer!«

Sepp fuhr mit Ken und Merrie nach Bodrum zum Bummeln. Ich hatte nach dem gestrigen Tag keine Lust. Meine Mutter auch nicht. Seit langem frühstückten wir deshalb mal wieder allein, und nachdem sie ihren ersten Kaffee getrunken hatte, war ihre Laune merklich besser. Eine gute Gelegenheit, die Frage zu stellen, die mir die ganze Zeit unter den Nägeln brannte.

»Was haben Dede und Anneanne eigentlich zu all dem gesagt?«

»Zu unseren Sanders?« Meine Mutter rührte drei Löffel Zucker in ihren Kaffee.

Ich nickte. »Und zu Cr... dem Baby?«

Meine Mutter lachte. »Du wirst es nicht glauben, aber deine Anneanne hat mir erzählt, dass dieser Mann, mit dem ich vor Urzeiten im Studium mal zusammen war, du erinnerst dich?« Ich nickte wieder, und sie erzählte weiter. »Dass dieser Mann sie angerufen und nach meiner Nummer gefragt hat. Stell dir das mal vor!«

»Und? Hat Anneanne sie ihm gegeben?«

»Natürlich nicht«, schnaufte meine Mutter. »Das wäre ja noch schöner, wenn mich meine Mutter in meinem Alter immer noch verkuppeln wollte!«

»Ja, aber was sagen sie denn jetzt zu uns und den anderen? Sind sie sauer auf dich?«

»Schon ein bisschen«, gestand sie. »Aber eigentlich nicht wegen Basti und den Kindern. Sondern eher, weil ich es ihnen nicht vorher gesagt habe. Klar hätte es ihnen besser gefallen, wenn Basti Türke gewesen wäre. Viel besser. Schon allein um die Chance zu erhöhen, dass ich zurückkomme. Doch den Zahn musste ich ihnen leider ziehen.«

»Und das Baby?«

»Das Baby ist unterwegs. Was sollen sie noch sagen?«

Als sie meinen zweifelnden Blick sah, lächelte meine Mutter. »Ein Kind ist ein Kind, Jannah. Sie werden sich freuen, wenn er da ist. Genauso wie sie sich über dich gefreut haben. Er wird ihr zweiter Enkel sein und Schluss. Übrigens«, sie zwinkerte mir zu, »deinen Sayan finden sie super!«

»Anne«, sagte ich. »Das ist nicht mein Sayan. Wir waren nur zusammen auf der Burg und beim Essen, weil Dede ihn überredet hat. Von sich aus wollte er das gar nicht.«

»Ist ja auch wurscht. Dein Dede ist jedenfalls begeistert von ihm.«

»Bitte«, meckerte ich. »Ich will das nicht hören.«

»Vielleicht macht deine Anneanne sogar einen Büyü-Zauber für euch beide.«

»Nee!«, stöhnte ich. »Meinst du?«

»Früher war sie ständig damit beschäftigt«, sagte meine Mutter. »Aber beruhige dich, es hat nie funktioniert. Zumindest nicht so, wie Anneanne es sich gewünscht hat. Zum Glück! Sonst würden wir jetzt in Istanbul in einer Fabrikantenvilla hocken und goldene Armreifen zählen.«

»Aber dann wäre ich ja gar nicht da, dann hättest du ein anderes Kind.«

»Mindestens eins. Wahrscheinlich eher zwei oder drei, denn auch das war Anneannes Plan.«

Schaudernd dachte ich an Lous Liebeszauber, der perfekt funktioniert hatte. Nein, das wollte ich nicht. Auf gar keinen Fall! Entweder ein Junge verliebte sich von selbst in mich oder gar nicht. Ich hatte genug von diesem Kram.

Nachdem wir abgeräumt hatten, schaukelte ich im Hängestuhl auf der Terrasse und sah den Wolken zu, wie sie vom Meer in die Berge zogen. Immer größer wurden die blauen Lücken im Weiß, bis die Sonne herauskam und der Himmel wieder strahlte.

Weil Sepp, Ken und Merrie auch am Nachmittag noch nicht zurück waren und meine Mutter nicht zum Strand wollte, ging ich allein. Diesmal ließ ich die Flipflops an. In der Nähe der Felsen saßen die drei Tanten auf Klappstühlen, die sich unter ihrem Gewicht gefährlich bogen. Sie winkten, ich hob nur kurz die Hand und drehte mich gleich in die andere Richtung. Unter einem Sonnenschirm bauten die kleinen Kinder mit ihrem Vater eine Sandburg.

Von Sayan keine Spur. Ich wusste nicht, ob ich enttäuscht oder erleichtert sein sollte. An der Baumwurzel streifte ich die Latschen ab und setzte mich. Zwei Äste waren so geformt, dass ich mich anlehnen konnte. Der Sand war vom Regen noch gesprenkelt, aber wieder trocken.

Ich wollte Sayan nicht unter der Beobachtung meiner Großeltern kennenlernen. Es war unangenehm. Es störte mich. Nur, warum? Eigentlich hätte ich mich freuen sollen, dass Dede ihn gut fand. Tat es aber nicht. Es war, als hätten sich meine Großeltern in meine Entscheidung geschlichen und würden ganz nach ihrem Geschmack daran herumdrehen. Dabei wollte ich gar keine Entscheidung treffen. Genaugenommen mochte ich nicht einmal richtig über Sayan nachdenken.

Das Boot von seinem Onkel war weg. Die Bucht leer und ruhig. Doch nicht lange.

Kurz darauf brausten vier schwarze Autos und ein Lieferwagen über die Schotterpiste und zogen dicke Staubwolken hinter sich her. Der Reihe nach hielten sie im Distelgestrüpp.

Die Wagentüren öffneten sich, und heraus quollen Jungs und Mädchen, die lachten und quietschten, sich gegenseitig anstießen und im Arm hielten. Auch eine Rothaarige war dabei. Und eine, deren blonde Mähne bis auf die Hüften fiel. Die anderen waren braun- oder schwarzhaarig. Alle auffallend hübsch. Auch die Jungs.

Eine ältere Frau stellte sich vor die Gruppe und erklärte ihnen, dass sie nun ein paar Probeaufnahmen machen würden. Ich war erstaunt, dass sie Deutsch sprach. Wollten sie hier einen Film drehen? Aber warum flog ein deutsches Team für Dreharbeiten in die Türkei? Zwei weitere Männer stiegen aus dem Lieferwagen, einer mit schwarzer

Sonnenbrille und gesträhnten Haaren kam mir bekannt vor. Nachdenklich betrachtete ich ihn. Wo hatte ich den bloß schon mal gesehen? Die Älteren hantierten mit spiegelnden runden Dingern, arrangierten die Jüngeren in verschiedenen Posen und hielten ihnen kleine schwarze Geräte an die Gesichter.

Die Kinder bauten mit ihrem Vater weiter an ihrer Burg, ohne dem Geschehen Aufmerksamkeit zu schenken, doch die drei Tanten stellten ihre Stühle um. In eine Reihe wie im Kino. Fehlten nur noch Popcorn und Cola.

Als der Brillenmann die Blonde mit schneeweißen Zähnen angrinste und sagte: »Ist das eine krass geile Bucht, Amy?«, wusste ich es. Das war der Typ aus dem Flugzeug.

9
Ein Fisch im Sahneeis

Auch wenn er mich nur kurz angesehen und sicher nicht erkannt hatte, drehte ich der Truppe schnell den Rücken zu. Amy antwortete nicht, denn ich hörte wieder die Stimme der Älteren.

»Ja, Pätrick. Absolut perfekt für uns. Wie ist das Licht, Franz?«

»Jou«, machte eine andere Männerstimme. »Hat was.«

»Ey, und morgen nehmen wir die geniale Wurzel dazu, okay?«, sagte Pätrick. »Das wird der Burner.«

Ich wurde knallrot, weil sich alle Augen in meinen Rücken bohrten. Jetzt bloß keine Reaktion zeigen.

»Vielleicht könnten wir ja auch eine Szene auf dem Boot drehen?«, sagte jemand. »Seht mal, da kommt eins rein.«

Sayan stand mit Osman an Deck. Das konnte ich erkennen, obwohl sie noch recht weit entfernt waren und mir die paar läppischen Dioptrien auf dem Auge fehlten.

Je näher sie kamen, desto unruhiger wurde ich. Wie bei der Ankunft der *Black Pearl*. Er war barfuß.

Mit seinem roten Shirt und der aufgekrempelten Hose erinnerte er mich an Jack Sparrow.

Die Jungs sahen mich sofort, doch im Gegensatz zu Osman, der wild mit den Armen fuchtelte, lächelte Sayan nur.

Neben ihm erschien ein Mann mit Schnauzbart, ein weiterer kletterte aus der Kajüte und warf den Anker. Sayans Onkel?

Als Sayan mit einem Köpfer ins Wasser sprang, hörte ich hinter mir das Getuschel und Gekicher der Mädchen. Ob ihm die Blonde gefallen würde? Oder die Rothaarige?

Er schwamm an Land, kam zu mir und warf sein Shirt über einen Ast der Wurzel. Der Gruppe schenkte er nur einen flüchtigen Blick.

»Merhaba Jannah«, lächelnd strich er sich die Haare aus dem Gesicht. »Wie geht es dir? Alles gut?«

»Ja«, lächelte auch ich. »Wie war es bei dir? Schöne Tour gehabt?«

»Der Wahnsinn«, schwärmte er. »Du musst unbedingt mal mitkommen. Die Buchten sind herrlich! In viele kommt man nur mit dem Boot. Das Wasser ist glasklar, da siehst du jeden Seeigel.«

»Habt ihr auch geangelt?«

»Ja. Magst du Fisch? Ich habe euch drei Seebarben mitgebracht.«

»Es geht«, gab ich zu. »Manchmal ein kleines Stück, aber irgendwie mag ich das Prinzip nicht.«

»Angeln?«

»Ja«, sagte ich. »Trotzdem danke. Meine Mutter liebt Fisch, sie wird sich freuen.«

»Wann kommt euer Baby eigentlich?«

»Im August.«

Hinter uns entstand Bewegung. Sayan sah über mich hinweg.

»Weißt du, wer das ist?«

»Nein«, sagte ich. »Ich habe aber gehört, dass es Deutsche sind, die hier einen Film drehen oder so was. Der eine saß neben mir im Flugzeug.«

»Welcher?«

»Der mit der Sonnenbrille.«

»Hmm, sehe ich nicht.«

Ich drehte mich um. Pätrick war tatsächlich schon in einem der Wagen verschwunden. Die Filmcrew verstaute die Geräte, die Betreuerin wartete, bis Jungs und Mädchen in den Autos saßen, um dann selbst einzusteigen. Die Motoren wurden angelassen, Reifen knirschten über den Schotter, und Sekunden später stand nur noch Staub in der Luft.

Die drei Tanten rückten ihre Stühle wieder Richtung Meer und begrüßten Sayan mit einem freundlichen Nicken. Er nickte zwar auch, sagte aber leise: »Schade, dass die nie wegfahren. Jedes Mal, wenn ich hier bin, sind sie auch da.«

»Haben sie wieder was gesagt?«

»Ach, die haben immer was. Gestern Abend soll ich eine von ihnen nicht gegrüßt haben. Die hat sich dann heute Morgen bei meinem Onkel über meine Unhöflichkeit beschwert. Dabei war ich so müde, dass ich niemanden gesehen habe.«

»Wie anstrengend«, sagte ich und warf den Tanten einen verstohlenen Blick zu. »Welche war das?«

»Keine Ahnung«, grinste Sayan. »Sehen alle gleich aus.«

Ich lachte. »Hast du ihnen auch Fisch mitgebracht, als Wiedergutmachung?«

Sayan schnalzte mit der Zunge und ruckte mit dem Kopf nach hinten. Die türkische Kurzform für »Nein«.

»Osman bekommt noch welche, weil er gut geangelt hat. Der Rest ist für uns. Wo bleiben die eigentlich?«

Er wandte sich um. Osman saß in einem Schlauchboot, neben sich einen Eimer, und wurde von dem schnauzbärtigen Mann bis zum Strand gezogen. Der andere schwamm hinterher.

»Ist das dein Onkel, der mit dem Bart?«

»Nein«, Sayan schüttelte den Kopf. »Das ist

Mustafa, der die Anlage pflegt und die Verwaltung macht.«

»Und zum Angeln rausfährt«, ergänzte ich.

»Und zum Angeln rausfährt, wenn man ihn dafür bezahlt.«

»Jannah, ich hab sooo'n großen Fisch gefangen!« Atemlos stürmte Osman auf mich zu und zeigte mit den Händen eine Länge von etwa fünfzig Zentimetern. Mustafa zog das Schlauchboot auf den Strand, wo er es am Volleyballpfosten festband. Sayans Onkel brachte uns den Eimer. Er war bis zur Hälfte voll mit Fischen. Obwohl keiner mehr lebte, grauste es mich. Diese kleinen aufgerissenen Mäuler mit den winzigen Zähnchen, die vielen toten Augen. Wenn ich daran dachte, dass mein Großvater die am liebsten aß …

»Ich hab zwar nicht verstanden, was du gesagt hast«, sagte Sayans Onkel auf Türkisch zu Osman. »Aber wenn du die Größe deines Fisches meinst, war das ziemlich übertrieben.«

Er hatte ein freundliches, offenes Gesicht und überragte Mustafa um einen Kopf. Zwischen Sayan und ihm war der Unterschied nur gering.

»Doch«, beharrte Osman jetzt ebenfalls auf Türkisch. »Meiner ist so groß!«

»Alles klar«, schmunzelte Sayans Onkel. »Aber du nimmst ihn auch selbst aus. Das gehört dazu.«

»Muss ich?« Zweifelnd schielte Osman in den Eimer und dann zu Sayans Onkel, der ihn amüsiert beobachtete. »Wirklich?«

»Wirklich.«

»Okaaay«, stieß Osman so tapfer hervor, dass wir alle lachten. »Zeigst du mir, wie das geht?«

»Sicher«, Sayans Onkel klopfte ihm auf die Schulter. »So mein Junge, dann wollen wir mal. Du sagst deinen Eltern Bescheid und kommst dann rüber. Sayan, bleibst du noch?«

Er sah mich an.

»Ich komme gleich nach.«

»In Ordnung.« Sein Onkel lächelte uns zu und wandte sich zum Gehen. »Bis später, wir sehen uns.«

»Ja«, sagte ich, »bis später.«

»Gencer Bey«, rief eine der Tanten hinter ihnen her. »Haben Sie uns auch Fisch mitgebracht?«

»Leider nicht, Filiz Hanım Teyze«, antwortete Sayans Onkel. »Wir haben nur ein paar kleine herausgeholt.«

»Tja ja«, seufzte Tante Filiz. »Das Meer ist leer.«

Die zu ihrer Rechten stieß sie an und flüsterte den beiden etwas zu.

»Wetten, sie ärgern sich jetzt darüber, dass sie keine abbekommen?«, grinste Sayan.

»Bestimmt.«

»Wo sind eigentlich Ken und Merrie?«

»Mit ihrem Vater nach Bodrum gefahren«, sagte ich.

»Zum Kastell?«

»Ich weiß nicht. Eigentlich wollten sie shoppen gehen.«

»Und du?«, fragte er.

»Was ist mit mir?«

»Du wolltest nicht mitfahren?«

Ich schüttelte den Kopf und ließ Sand durch meine Faust rieseln. Ohne es zu merken, machte Sayan es mir nach. Ich brauchte ihn nicht anzusehen, um zu wissen, dass er gleich etwas sagen würde. Etwas ganz Bestimmtes. Vielleicht hoffte ich, es noch verhindern zu können, wenn ich aufs Meer guckte. »Sieh mal«, sagte mein Verstand, »wie schön die Sonne gerade aussieht, so leuchtend rot, zwischen den Inseln.«

»Ach, hör auf zu labern!«, sagte mein Gefühl. »Hier spielt die Musik, direkt vor dir, du Angsthase, nicht dort hinten!«

Sayan senkte den Blick. »Darf ich dich mal was fragen?«

Ich nickte.

»Ist Ken jetzt dein Bruder, oder … oder ist er dein Freund?«

»Wie kommst du denn darauf?« Erschrocken

schnappte ich nach Luft. »Ken ist doch nicht mein Freund!«

»Macht aber den Eindruck.«

»Wie meinst du das?«, fragte ich unbehaglich.

»Na ja, mit seiner Eifersucht und so ...«

»Eifersucht?« Ich lachte zittrig. »Welche Eifersucht?«

Wie kam Sayan nur darauf, dass Ken eifersüchtig sein könnte? Auf wen denn? Weshalb denn? Was für ein bizarrer Gedanke! Völlig ausgeschlossen, unmöglich ... Oder?

»Merkst du denn gar nicht, dass er dich ständig beobachtet?«, fragte Sayan. »Dass er dich ständig piesackt? Ich verstehe zwar kein Deutsch, aber ich bin nicht blöd. Für mich ist das Eifersucht. Und man ist nur dann eifersüchtig, wenn man jemanden ...«

»Aber nein«, unterbrach ich ihn mit gekünsteltem Gekicher, das mir selbst albern vorkam. »Ken ist immer so. Bei Merrie macht er das auch.«

»Kann schon sein«, sagte Sayan. »Aber sie guckt er anders an.«

»Sayan, das bildest du dir ein«, ich wusste nicht mehr, was ich sagte, blind redete ich drauflos. »Ken ist einfach, wie er ist, er, er ist ... nicht mein Bruder, natürlich nicht, weil wir ja nicht verwandt sind. Und er ist auch nicht mein Freund, natürlich nicht, weil weil … wir es einfach nicht sind. Wir wurden irgendwie zu Geschwistern, weil unsere Eltern zusammen sind, aber er ist bestimmt nicht eifersüchtig, weil er *wie* mein Bruder ist, also mein *nerviger* Bruder, verstehst du?«

»Nein«, sagte Sayan. »Aber wenn er wie dein Bruder ist, finde ich das besser, als wenn er dein Freund wäre.«

»Ja?«, sagte ich langsam. »Warum?«

»Wegen deiner Sommersprossen«, sagte er. »Du hast Milliarden von Sommersprossen.«

Am Abend machten wir zu fünft einen Spaziergang in den nächsten Ort. Meine Mutter, Sepp, Ken, Merrie und ich. Wir gingen ein Stück über die Schotterpiste, die auch die Autos am Nachmittag benutzt hatten. Jetzt fuhr hier keiner mehr lang. Merrie erzählte von den vielen tollen Läden, in denen sie gewesen waren, und zeigte stolz den neuen Ring an ihrem Finger. Es war ein in Silber gefasster Türkis. So zart und filigran gearbeitet, dass ich mich ärgerte. So einen wollte ich auch. Genau den gleichen.

Sepp erzählte von der Besichtigung des Kastells und beklagte, dass er der Einzige von den dreien gewesen sei, der es sich angesehen hätte. Ken und Merrie hätten nur im Park gesessen, türkische

Brause getrunken und auf seine Rückkehr gewartet. Ken gab zu, dass er Besichtigungen grundsätzlich öde fand, und Merrie sagte, sie hätte nach dem langen Bummel eine Pause gebraucht.

Der Weg gabelte sich. Um nicht über die Hauptstraße gehen zu müssen, schlugen wir einen steinigen Pfad ein, der am Meer entlang in den Ort führte. Die Schotterpiste war noch schwach beleuchtet gewesen, der Pfad nicht. Hier war es dunkel. Rechts und links von uns wuchs Schilfrohr so hoch empor, dass es uns überragte. Meine Mutter bat Sepp, die Taschenlampe herauszuholen, die er hatte mitnehmen wollen. Sepp kramte in seinem kleinen Rucksack und stellte fest, dass er sie zu Hause vergessen hatte. Dummerweise fiel mir gerade jetzt ein, dass es in der Türkei massenhaft Giftspinnen gab. Daran hatte ich gar nicht mehr gedacht. Die Schwarze Witwe zum Beispiel. Oder das rasend schnelle Vieh, das zehn Zentimeter lang werden und springen konnte, vor dem mich Frida aus meiner Klasse gewarnt hatte! Zur Beruhigung hatte sie gesagt, der Biss sei nur schmerzhaft, nicht tödlich. Springende, beißende Spinnen! Das erzählte sie ausgerechnet *mir*!

Während ich vorsichtig einen Fuß vor den anderen setzte und dabei versuchte, mit den anderen Schritt zu halten, die sich munter über Belanglosigkeiten unterhielten, stellte ich mir die lebenswichtige Frage, ob diese Biester tag- oder nachtaktiv waren. Von Skorpionen wusste ich, dass sie nachtaktiv waren. Himmel, die gab es hier ja auch noch! Zwar keine richtig großen, aber die, die es gab, reichten mir völlig. Als unsere Füße im Sand einsanken, war ich froh, dass ich meine Jeans und Chucks trug und nicht die Latschen wie Ken. Wir hatten den Pfad hinter uns gelassen und waren am Strand angekommen. Es roch nach Salz und Seetang, der sich in dunklen Fäden an der Meereslinie häufte.

»Sieht das nicht irre aus?«, sagte meine Mutter. Hinter den Bergen war die Mondsichel aufgetaucht und hatte diese zu Schattenrissen verdunkelt.

»Fledermäuse«, rief Sepp und zeigte auf die vielen kleinen Vampire, die in einer Geschwindigkeit über den Himmel sausten und so abrupte Wendungen vollführten, dass wir ihnen kaum mit den Augen folgen konnten.

Um in den Ort zu gelangen, mussten wir einen Fluss überqueren, der hier ins Meer mündete. Wir zogen unsere Schuhe aus und krempelten die Hosen so weit wie möglich hoch. Zum Glück war das Wasser nicht tief. Mir ging es bis zur Wade, meiner Mutter bis zum Knie. Sie hielt das Kleid über ihrem Bauch fest und ging an Sepps Arm vor. Ken

guckte sie von der Seite an. Der schwarze Badeanzug, den sie darunter trug, tarnte ihre Wölbung
ein wenig. Weil das Süßwasser direkt aus den Bergen kam, war es eiskalt. Fröstelnd tasteten wir uns
über glitschige Steine ans andere Ufer.

»Wartet«, rief Merrie und griff nach Kens Hand.
Doch die starke Strömung zog sie von ihm weg
zum Meer, sie erreichte ihn nicht mehr. »Heee!
Hilf mir doch mal!«

Ken drehte sich nach seiner Schwester um, sie
versuchte mit wild rudernden Armen ihr Gleich-
gewicht zu halten und wäre beinahe gefallen. Im
letzten Moment fing sie sich.

»Geht doch«, lachte Ken und ging weiter. Sepp
dirigierte sie zur flachsten Stelle des Flussbetts,
und unter Gejammer und Gemecker erreichte
auch Merrie das Ufer.

»Danke für die tolle Hilfe!«, zeterte sie, als sie
in ihre Ballerinas schlüpfte. »Vielen Dank auch!
Meine Hose ist total nass geworden! Und meine
Buffalos auch!«

»Jetzt reg dich nicht so auf«, beruhigte sie Sepp.
»Du hast es ja geschafft.«

»Aber die Buffalos sind aus Wildleder, die leiern
aus, wenn sie nass werden, die kann ich gleich
wegschmeißen!«

Ich verdrehte die Augen und lief zu meiner Mutter, die langsam vorgegangen war. Ken folgte uns in kurzem Abstand. Sepp diskutierte immer noch mit seiner Tochter.

»Meine Güte, Merrie. Nun warte es doch erst mal ab. Lass sie trocknen, und dann sehen wir weiter.«

»Und wenn sie hin sind?«

»Dann sind sie eben hin.« Sepps Stimme klang nun auch wütend. »Hättest du andere Schuhe angezogen ...«

»Ja, das ist dir dann egal, oder?«, fiel ihm Merrie ins Wort. »Die hat mir Mama neu gekauft! Dir ist das egal, wenn ich von ihr Ärger kriege, oder was?!«

»Nein, ist mir nicht egal. Aber jetzt will ich, dass du dich abregst, und zwar sofort!«

»Außerdem ist mir kalt.«

»Boah«, stöhnte Ken hinter uns, und ich war ganz seiner Meinung. Sepp sagte nichts mehr. Er schloss zu meiner Mutter auf und ließ Merrie schmollen. Von ihr war nur noch das Quietschen ihrer Füße in den nassen Schuhen zu hören.

Als wir den gepflasterten Weg erreichten, brannte wieder eine Laterne. Auch die ersten Häuser standen hier, doch bis auf ein paar alte Leute und Kinder, die uns neugierig anstarrten, war nicht viel los. Das änderte sich auf der Hauptstraße des kleinen Städtchens. Rechts und links waren die Geschäfte geöffnet. Es gab Juweliere mit prunkvollem Gold in den Auslagen, Modeläden, aus denen türkischer Pop dröhnte, Teppichhändler, die mit ihren Gebetsketten vor ihrem Laden saßen, kleine Supermärkte, die von Lebensmitteln über Luftmatratzen und Kinderspielzeug alles verkauften, Drogerien mit Sonnenmilch, Kosmetika und Modeschmuck, Schuhgeschäfte, Friseure, Souvenirhändler mit Bodrum-Andenken, Postkarten und Utensilien aus Olivenholz, einen Mopedverleih und natürlich unzählige Restaurants, Schnellimbisse und Cafés. Dazwischen tummelten sich vorwiegend türkische Touristen.

»Kommt mal mit«, sagte meine Mutter und führte uns zu einem Eisstand. Der Verkäufer trug eine glänzend bestickte Weste über seinem weißen Hemd und ein rotes Kopftuch. Verschmitzt grinste er uns an, als wir vor der Theke standen, um uns eine Sorte auszusuchen. Ich grinste ebenfalls. Es war Maraş-Eis. Eine ganz besondere Spezialität.

»Was darf es denn sein, die Damen und die Herren?«, fragte er. »Sahne oder Schokolade?« Meine Mutter übersetzte.

»Gibt's nicht mehr Sorten?«, maulte Merrie. »Dann will ich keins. Mir ist sowieso kalt.«

»Ich nehme Sahne«, sagte Ken.

»Ich auch«, sagte Sepp.

Meine Mutter bestellte für uns vier. Der Mann nahm eine Waffel und einen langen Stab mit einem kleinen Spatel am Ende und stampfte damit im Eis- kübel. Währenddessen redete er, lobte und pries sein Eis. Dann zog er die Stange heraus und drück- te das Eis vom Spatel in die Waffel. Eis, Waffel und Spatel klebten aneinander. Der Verkäufer bot Ken das Eis an der Stange an, und als Ken zugreifen wollte, zog er es ihm aus der Hand. Das traf Ken so unerwartet, dass er ziemlich dumm guckte und wir alle in schallendes Gelächter ausbrachen. Selbst Merrie. Der Verkäufer entschuldigte sich freundlich, setzte noch mehr Sahneeis auf die Waffel und schob Ken die Stange erneut hin. Der griff zu, doch der Verkäufer drehte die Stange so schnell, dass das Eis jetzt mit der Waffel nach oben zeigte und Ken wieder ins Leere griff. Als er es oben fassen wollte, drehte sich die Stange und die Waffel war unten. Ken griff unten, die Waffel war oben. Der Mann verbeugte sich demütig und wort- reich, setzte noch etwas Eis drauf und versprach Besserung. Er hielt ihm die Waffel hin, Ken hatte sie fest in der Hand, der Verkäufer zog die Stange weg und Ken behielt nur eine leere Waffel. Nicht nur wir johlten. Auch die Leute in der Schlange hinter uns gackerten und klatschten. Alle hatten

Kens Jagd auf das Eis verfolgt. Einer hatte seine vergeblichen Versuche sogar gefilmt.

Jetzt gab er auf, verschränkte die Arme und wartete. Obwohl er auch lachte, war er doch ein bisschen angekratzt, das merkte ich. Zu guter Letzt bekamen wir natürlich alle unser Eis, nur nicht so schnell wie gewohnt.

10
Der Büffel jagt den Falken

»Seid ihr den ganzen Tag weg?«, fragte ich am nächsten Morgen. »Wo wollt ihr denn hin?«

»Nach Pedasa«, sagte meine Mutter. »Das ist eine antike Stadt, oberhalb von Bodrum.«

»Mit Dede und Anneanne?«

»Ja, sie holen Basti und mich gleich ab.«

»Und was ist dann mit Essen?«, fragte Ken.

»Also wirklich«, schimpfte Sepp. »Wie alt bist du eigentlich? Drei? Geh an den Kühlschrank und mach dir gefälligst was.«

»Ihr könnt auch in die Stadt gehen und dort essen«, schlug meine Mutter vor.

»Da gehe ich nicht mehr hin«, sagte Merrie.

»Dann lass es sein«, ungeduldig zuckte Sepp die Schultern. »Wir fahren jedenfalls, und ihr könnt euch mal einen Tag selbst versorgen. Das ist nicht zu viel verlangt.«

»Doch«, grinste Ken. »Nur Rabeneltern lassen ihre Brut hungrig zurück.«

»Das schadet dir gar nichts.« Sepp musterte Ken. »Sonst hast du vorn bald so viel wie Suzan.«

»Oha«, rief Ken. »Üble Worte!«

»Wieso?« Merrie klopfte ihrem Bruder auf den Bauch. »Guck, plauzt schon.«

»Finger weg von meinem Astralkörper!«

»Apropos, da fällt mir was ein.« Sepp ging ins Schlafzimmer und kam mit einem Springseil zurück. »Hier, damit kannst du deinen Astralkörper in Form bringen, machen Boxer auch.«

»Mit Seilspringen?«

»Genau«, sagte Sepp. »Und mit Liegestützen, Sit-ups, zwanzig Bahnen Schwimmen, egal. Damit hast du heute was Sinnvolles zu tun und bist nicht ständig auf Nahrungssuche.«

»Och nö, lass mal«, grinste Ken. »Nahrungssuche kann ja auch sportlich sein.«

»Das gilt aber nur für die Büffeljagd bei den Neandertalern.«

»Und was ist, wenn ich einen erlege?«

»Einen Neandertaler? Das wäre sehr dämlich. Der bringt lebendig doch ein Vermögen.«

»Okay, dann mache ich lieber den Büffel platt.«

Meine Mutter schüttelte den Kopf. »Was seid ihr boshaft!«

»Nur zur Info, Ken«, lächelte Sepp. »Wir sind gegen 18 Uhr zurück. Das Büffelsteak bitte dreihundertfünfzig Gramm, medium gebraten mit etwas Kräuterbutter. Keine Beilagen.«

Nachdem meine Mutter, Sepp und meine Großeltern weg waren, ging ich hinters Haus zum Zitronenbaum. Die reifen Früchte dufteten schön frisch,
aber die Blüten verströmten einen seltsamen Geruch. Fast ein wenig gammelig. War mir noch nie
aufgefallen. Und dass Zitronenbäume Stacheln haben, hatte ich auch vergessen. Beim Pflücken wurde ich schmerzhaft daran erinnert. So hübsch sie
aussahen, die Ernte war schwierig, denn ich musste
nicht nur irgendwie an den Stacheln vorbei, was
nahezu unmöglich war, sondern auch noch Kraft
aufwenden, um sie vom Ast zu reißen. Sie hingen
richtig fest dran. Glücklicherweise wuchsen ein
paar in greifbarer Nähe. Geklettert wäre ich auf
das Ding nie. Nicht für ein bisschen Limo.

»Hallo Jannah«, Sayan kam auf mich zu ge-
schlendert. »Soll ich dir helfen?«

»Guten Morgen«, sagte ich. »Ja, bitte. Ich krieg
sie nicht ab, und überall piekst es.«

Sayan nahm einen herumliegenden Ast, der
nicht vom Zitronenbaum stammte und am Ende
gegabelt war. Er klemmte eine Frucht in die Gabel
und riss sie mit einem Ruck ab.

»Wie viele willst du?«

»Drei«, lächelte ich. »Danke.«

Sayan lächelte zurück. »Ich pflücke dir auch gern
mehr.«

»Nicht nötig. Das reicht.«

»Was will der denn schon wieder?«, fragte Ken vom Dach herunter. »Hat der kein Zuhause?«

»Kümmer du dich um deinen Büffel.« Ich sah kurz zu ihm hoch und wandte mich wieder Sayan zu.

»Was hat er gesagt?«, wollte Sayan wissen.

»Dass wir ihm auch welche pflücken sollen.«

»Was hast du ihm gesagt?«, fragte Ken von oben.

»Dass du ein Idiot bist.«

»Danke für das Kompliment!« Kens Kopf verschwand hinter der Bougainvillea.

»Kein Problem«, Sayan nahm erneut die Gabel und zog noch ein paar Früchte vom Baum. Wir legten sie in eine Schale auf der Terrasse.

»Hättest du Lust auf eine Bootstour?«, fragte er. »Mein Onkel wird bald wieder rausfahren, dann könntest du mit.«

»Ja, gern. Wann?«

»Entweder heute Nachmittag oder morgen«, sagte Sayan. »Ich frage ihn.«

»Okay. Gehen wir gleich zum Pool? Merrie und ich wollten endlich mal schwimmen.«

Sayan schüttelte den Kopf. »Kommt lieber mit zum Strand. Ich habe gesehen, dass die da mit ihrem Film angefangen haben. Könnte lustig werden.«

»Ja«, rief ich. »Das ist gut. Ich hole Merrie.«

Tatsächlich herrschte am Strand reges Treiben. Nahezu alle Urlauber der Anlage hatten sich versammelt, um dem Team bei der Arbeit zuzusehen, das am Vortag die Bucht erkundet hatte. Auch Osman war mit seiner Oma dabei und natürlich auch die drei Tanten. Neugierig reckten sie die Hälse. Merrie, ich und Sayan stellten uns an den Rand, so dass wir niemanden störten und trotzdem alles gut überblicken konnten.

Zwei große Kameras auf schweren Stativen steckten im Sand. Hinter der einen stand ein Kameramann, der das Paar vor sich aufnahm. Das rothaarige Mädchen umarmte einen der Jungs und tat so, als würde sie ihn küssen. Ich sah, dass sich die beiden nur leicht unter den Lippen berührten. Sie trug einen Bikini mit einem durchlöcherten Oberteil und er lange Badeshorts. Osman kicherte verlegen.

»Cut«, rief der Aufnahmeleiter, und die beiden lösten sich sofort voneinander.

»Sie hat schon Cellulite«, hörte ich eine der Tanten tuscheln. »Also, ich hatte in dem Alter eine bessere Figur.«

»Ja«, gab die andere zurück, »und so unreine Haut hatten wir damals auch nicht.«

Ich hoffte, dass keiner von denen Türkisch verstand.

Die blonde Amy wurde geschminkt. Sie saß mit Lockenwicklern und Bademantel in einem großen offenen Zelt. Die Jungs und Mädchen, die gerade keinen Einsatz hatten, warteten hinter ihr und spielten an ihren Handys. Ein Mädchen las die Bravo. Pätrick lief von einem zum anderen, schoss Fotos und rief: »Ey krass, ihr seht hammermäßig aus! Das ist so geil!«

Plötzlich stand er vor uns. Erst sah er mich an, ohne eine Spur von Wiedererkennen, dann Merrie, dann Sayan, dann wieder Merrie. Grell leuchteten seine Zähne auf, als hätte er gerade einen Geistesblitz.

»Ey, pretty girl, do you speak English?«

»Ich spreche vor allem Deutsch«, sagte Merrie mit hochgezogenen Augenbrauen. »Warum?«

»Ey wow, Bingo«, rief Pätrick und drehte sich um. »Tamara. Tamara, sieh mal, was ich hier habe!«

»Moment« Die ältere Betreuerin beendete das Gespräch mit dem Kameramann, kam zu uns herüber und betrachtete Merrie eingehend. »Schön«, sagte sie. »Du bist sehr schön.«

»Siehst du, was ich sehe?«, grinste Pätrick. »Naaa?«

»Sorry!«, sagte sie und gab uns dreien die Hand. »Ich sollte mich vielleicht erst mal vorstellen, ich bin Tamara.«

Auch wir grüßten.

»Ihr seid Deutsche?«, fragte Tamara. Wir nickten. »Macht ihr hier Urlaub?«

»Ja«, sagte ich. »Und Sie drehen einen Film?«

»Fast«, lächelte Tamara und sah gleich viel jünger aus. »Wir produzieren einen längeren Fashion-Clip, der eine Liebesgeschichte erzählen soll.«

»Und wir könnten noch so eine süße Schoko wie dich gebrauchen«, ergänzte Pätrick.

»Ich bin keine Schoko, kapiert?« Merries Mundwinkel stürzten eine Etage tiefer, und ich wusste, warum mir dieser Typ von Anfang an so unsympathisch gewesen war.

»Pätrick!«, ermahnte ihn Tamara. »Geh du deine Fotos machen und lass uns reden.«

»Aber ich hab sie gefunden«, maulte er. »Ohne mich hättest du sie gar nicht bemerkt!«

Tamara machte eine Bewegung, als wolle sie Fliegen verscheuchen. »Entschuldige«, sagte sie zu Merrie. »Er vergreift sich manchmal im Ton.«

»Ist mir aufgefallen.«

»Ey«, lenkte Pätrick ein. »War nicht böse gemeint, Süße. Schoko ist doch nix Schlimmes, oder?« Merrie ignorierte ihn.

»Aber echt jetzt mal«, beharrte er. »Schoko ist doch nett?!«

»Pätrick«, schimpfte Tamara. »Checkst du es

nicht? Hau ab.« Breitbeinig stand er da, in verwaschenen Designerjeans und offenem weißen Hemd, mit seiner Ray Ban in den strähnigen Haaren, und grinste immer noch.

Merrie warf ihm einen Blick von tödlichem Kaliber zu, um den ich sie beneidete. Damit schüchterte sie alle ein, auch die, die nicht gemeint waren. Das musste ich unbedingt auch mal üben. Großartig! Selbst Sayan guckte irritiert von einem zum anderen, und ich hatte keine Zeit zu übersetzen, weil ich nichts vom Gespräch verpassen wollte.

»Tut mir wirklich leid. Er ist sonst ganz in Ordnung«, Tamara seufzte genervt. »Könnten wir uns trotzdem unterhalten? Oder hast du was dagegen?«

»Kommt drauf an«, sagte Merrie argwöhnisch. »Mit Ihnen ja, mit dem nicht. Und nur, wenn meine Freunde dabei sind.« Freunde? Sie hatte Freunde gesagt?!

»Genau so was brauchen wir«, sagte Pätrick. »Die isses, was Tamara?!«

»Natürlich, gar kein Problem«, Tamara ließ Pätrick stehen und führte uns ins Zelt zu den Darstellern. Neugierig sahen sie von ihren Handys auf. Amy beobachtete uns aus dem Spiegel.

»Kann ich auch?« Osman lugte um die Ecke und durfte sich ebenfalls setzen.

»Jule, Patra und Simon sind als Nächste dran«,

sagte Tamara zu der Maskenbildnerin, die ihre Gesichter rasch mit einer Puderquaste bearbeitete, damit sie nicht glänzten.

»Prima, raus mit euch.« Tamara wies auf den Aufnahmeleiter. »Fragt Franz bitte, welcher Take jetzt dran ist.«

Mit einem »Okay« verschwanden die drei.

»Du bist also Merrie«, lächelte Tamara, fragte dann nach unseren Namen, woher wir kämen und wie lange wir bleiben würden. Während ich uns vorstellte, nickte Tamara und musterte dabei Merrie immer wieder. Es war deutlich, dass sie an uns kein Interesse hatte. Hier ging es nur um Merrie. Ein lästiges Neidgefühl stachelte mich auf. Ob auch ich eine Chance gehabt hätte, wenn die Rothaarige nicht dabei gewesen wäre? Ich wusste, dass es sinnlos war, darüber nachzudenken, und konnte trotzdem nicht anders.

»Wie soll das denn ablaufen?«, fragte Merrie.

»Ganz einfach«, antwortete Tamara. »Du sprichst mit deinem Vater. Wenn er es erlaubt, unterschreibt er unsere Vereinbarung, und du könntest morgen mit Simon und Amy deine erste Szene drehen.«

Amy zwinkerte Merrie aus dem Spiegel zu. Merrie schmunzelte geschmeichelt, und ich wusste, dass sie es tun würde.

»Wird sie jetzt berühmt?«, fragte Osman. Tamara lachte. »Vielleicht?!«

Wir beschlossen, uns bei den Felsen in die Sonne zu legen. Vor allem ich beschloss das. Ich brauchte jetzt Sonne für meine Sommersprossen, sie sollten noch stärker herauskommen. Milliardenfach. Während wir durch den Sand stapften, erzählte ich Sayan, worum es mit Tamara gegangen war, um nicht mit Merrie reden zu müssen. Sie hätte mich sofort entlarvt. Es war schon erniedrigend genug. Allein ihr Geschmunzel ging mir gegen den Strich, weil sie Merrie wollten, nicht mich! Sie konnte sich auf etwas echt Tolles freuen, denn Sepp würde garantiert nichts dagegen haben. Selbst wenn, dann würde sie ihn so lange bearbeiten, bis er einwilligen würde.

Besonders vor Sayan war es mir peinlich. Ich wollte in seiner Gunst über ihr stehen. Ich war schließlich die Frontfrau!

Wir breiteten unsere Handtücher aus und setzten uns.

»Sei nicht traurig«, sagte Osman, und ich zuckte zusammen. Sah man mir den Frust etwa schon so deutlich an?

»Ich bin gar nicht traurig!«, sagte ich schärfer als beabsichtigt. Merrie betrachtete mich prüfend.

»Wirklich nicht?«

»Nein«, fauchte ich. »Was soll die blöde Fragerei?«

»Hallo?« Sie schüttelte den Kopf. »Lass deine miese Laune nicht an mir aus, ja? Ich kann nichts dafür!«

»Hab ich doch gar nicht!«

»Gut«, Merrie legte sich auf den Bauch und wandte ihr Gesicht ab.

»Was ist los?«, fragte Sayan. »Warum bist du so ärgerlich?«

Er suchte meinen Blick, doch ich wich ihm aus.

»Schon in Ordnung«, sagte er so sanft, dass mir fast die Tränen kamen. Wenn Osman nicht gespannt zwischen uns gesessen hätte, hätte ich mich wahrscheinlich nicht beherrschen können. Zu allem Überfluss bemerkte ich jetzt Ken in der Zuschauergruppe. Amy machte gerade einen kunstvollen Flickflack vor der Kamera, und er sah ihr dabei zu. Das konnte ich sogar aus der Entfernung sehen.

Er würde sich in sie verlieben, todsicher, so schön wie sie war. Wenn seine Augen nur halbwegs intakt waren, musste er sich in sie verlieben. Alles andere ging nicht. Und über Amy würde er dann Inés vergessen. Und mich sowieso.

Wie beknackt! Was für total beknackte Gedanken waren das!? Ich hatte Ken doch längst abgeschrieben! Was ging es mich an, in wen er sich verliebte und in wen nicht?

Ich schloss die Augen und reckte mein Gesicht in die Sonne.

»Komm«, Sayan tippte mich an, »lass uns eine Runde schwimmen.«

Osman sprang auf. »Ja! Ich bin dabei!«

»Aber das Wasser ist noch so kalt«, sagte ich halbherzig.

»Nur am Anfang. Danach ist es toll.« Sayan zog mich hoch. Merrie rührte sich nicht.

»Wir rennen rein, okay?« Osman brachte sich in Stellung.

»Okay, Erster«, rief ich und rannte zum Erstaunen der Jungs sofort los. Sayan holte mich ein. Er nahm meine Hand, und schreiend stürzten wir uns ins Meer. Es war wirklich kalt. Als ich untertauchte, dachte ich, meine Kopfhaut gefriert. Mein Körper konnte nicht mal zittern, so stand er unter Schock.

Ich tauchte auf und hielt nach Osman Ausschau, der sich wie ein Krebs seitwärts ins Wasser tastete. Dabei zog er den Bauch ein, dass seine Rippen hervorstanden.

»Hey Killerotter«, lachte ich. »Wie war das mit dem Reinrennen?«

»No jo«, japste er. »Ging nicht.«

»Pass auf«, Sayan versank vor mir. Sekunden später zerrte er Osman am Bein unter Wasser. Daraufhin beschimpfte Osman Sayan mit ein paar deftigen türkischen Flüchen, doch der drückte ihm bei jedem zweiten Wort den Kopf wieder runter, so dass außer Geblubber nicht viel zu hören war.

Ich drehte mich auf den Rücken und ließ mich treiben. Mit den Ohren im Meer lauschte ich. Auf das Krispeln der Sandkörner unter mir, das Klickern der Kieselsteine, das Zischen der Wellen, die an den Strand glitten, und auf das dumpfe Gluckern endloser Weite.

Über mir kreiste ein Raubvogel. Gegen den blauen Himmel sah er nur schwarz aus. Falke, Bussard oder Habicht? Schade, dass ich keine Ahnung hatte. Er segelte schwerelos durch die Luft, fast ohne seine Flügel zu bewegen, schien sie nur zum Lenken zu benutzen.

Ob der Vogel wusste, wie gut er es da oben hatte? Ob er seine Leichtigkeit genießen konnte? Oder ob er nur auf Beute aus war? Auf einen unachtsamen Fisch, der zu nah an der Wasseroberfläche schwamm? Ich hätte es genossen, wenn ich dieser Vogel gewesen wäre. Sehr sogar.

Vielleicht wäre ich dann auch mal über Ken in der Luft stehengeblieben und hätte was fallen lassen. Nur einen winzigen weiß-grünen Pfutz auf

seine Dreads. Vielleicht hätte ich auch seitlich ge-
schossen, damit die Stirn etwas abbekam.

Ich drehte mich wieder um. Das Wasser floss aus
meinen Ohren, und ich hörte die Rufe der Jungs,
die sich am Ufer mit Sand bewarfen. Ich war ein
wenig abgetrieben und fror überhaupt nicht mehr,
genau wie Sayan gesagt hatte. Als hätte er gemerkt,
dass ich ihn ansah, ließ er von Osman ab, sprang
wieder ins Meer und kraulte mit ausholenden Bewegungen auf mich zu.

Osman ließ sich von den Wellen umspülen und
rollte dann wie ein paniertes Schnitzel durch den
Sand. Dabei schrie er auf Deutsch: »Mensch, Liebespaa küsst euch maa!«

Sayan tauchte vor mir auf, wischte sich das Wasser aus dem braunen Gesicht und lachte mich so
fröhlich an, das mein Herz auf einmal schneller
schlug. Die Haare hingen ihm in nassen Zotteln
um den Kopf, seine Augen schimmerten unter den
dichten Wimpern. Er sagte nichts, strich nur mit
seinem Blick über mein Gesicht.

»Wollen wir zurück?«

»Nein«, sagte er.

11
Kein Segelboot für Warmduscher

»Bin weg«, rief Merrie und warf ihre Tasche über die Schulter.

»Tschüs«, sagte Sepp, »viel Spaß!«

»Uups! Schminke vergessen«, aufgeregt flitzte Merrie noch einmal in ihr Zimmer.

»Die brauchst du doch gar …«, rief ich ihr hinterher, aber sie hörte mich nicht mehr. Die Haustür knallte ins Schloss, meine Mutter fuhr zusammen, so dass der Kaffee aus ihrer Tasse schwappte.

»Gut, dass ich nie heißen Kaffee trinke«, sagte sie, stand auf, wusch sich die Hände und wischte den Tisch ab.

»Gut, dass du die Tasse immer so voll machst«, sagte ich, und sie zog mir eine Grimasse.

»Was liegt heute eigentlich an?«, fragte Sepp.

»Ich gehe Bootfahren«, sagte ich.

»Gar nichts«, bat meine Mutter. »Ich würde gern einfach nur ein bisschen gammeln und lesen. Höchstens mal kurz bei Merrie gucken.«

»Gibt's hier eigentlich Wakeboard oder so was?«

»O yes«, Ken erwachte plötzlich aus seiner morgendlichen Trägheit. »Das würde ich auch machen.«

»Hier nicht«, sagte ich, »aber in der Bucht, wo die Hotels stehen. Weißt du noch, Anne, da waren wir auch mal.«

»Du kannst das gar nicht«, ärgerte Sepp seinen Sohn.

»Tss«, machte Ken. »Aber du, was?«

»Klar«, rief Sepp. »Ich konnte das schon, da bist du noch in der Ursuppe gepaddelt.«

»Wie lächerlich«, grinste Ken. »Ich fahr dir doch davon.«

»Schauen wir mal.«

Ken zuckte die Schultern. »Wenn du dich blamieren willst.«

»Ach Junge«, seufzte Sepp mitleidig. »Du hast ja keine Ahnung, auf was du dich da einlässt!«

»Das Risiko gehe ich ein.«

Sepp wandte sich an meine Mutter. »Ist das weit von hier?«

»Nein«, sagte sie. »Mit dem Auto etwa zwanzig Minuten. Ihr könntet euch einen Wagen leihen und rüberfahren. Soll ich mal anrufen?«

»Ja, bitte.«

Als ich vom Duschen zurück auf die Terrasse kam, war Sayans Onkel da. Mit Sepp und Ken beugte er sich über eine Türkeikarte und zeigte etwas. Sie sprachen Englisch, und ich stellte fest, dass Sepp es fließend konnte. Meine Mutter lag auf ihrer Liege in der Sonne, streichelte ihren Bauch und las.

»Merhaba Jannah«, Sayans Onkel gab mir die Hand. »Wie geht's dir?«

»Danke, gut.«

»Hättest du was dagegen, wenn Sebastian und Ken mit auf die Bootsfahrt kommen?«

Und wie ich was dagegen hatte! Aber vor Sepp und Sayans Onkel konnte ich das schlecht sagen. Auch vor meiner Mutter nicht.

»Nö«, sagte ich leichthin. »Wieso? Klappt das nicht mit eurem Wasserski?«

»Leider nicht«, sagte Sepp. »Die Saison wird erst übernächste Woche eröffnet, dann sind wir schon weg.«

»Schade«, sagte ich und meinte es genau so.

Die Vorstellung, mit Sayan und Ken zusammen auf einem Boot zu sein, gefiel mir nicht. Und nach dem gestrigen Erlebnis schon gar nicht. Wir hätten uns fast geküsst. Einerseits war ich froh, dass es nicht passiert war, andererseits fragte ich mich natürlich, wie es denn wohl gewesen wäre? Sein Lächeln hatte mich heute Morgen geweckt und am Wiedereinschlafen gehindert. Ich konnte kaum an etwas anderes denken. Hatte ich mich verliebt? War es das?

Irgendetwas in mir sagte, ja, das ist es. Ich will das.

Er ist zuckersüß, er achtet auf mich, er kümmert sich um mich, und außerdem hat er sich schon in mich verliebt. Warum sollte ich nicht?

Wir waren mit ihm und seinem Onkel am frühen Nachmittag verabredet. Ich vertrieb mir die Zeit bis dahin am Pool, obwohl ich allein dort war und die Tanten ständig unter einem neuen Vorwand von einem Haus zum anderen wackelten und dabei laut von draußen riefen, um nicht hineinzugehen und die Nachbarin womöglich zu stören. Eine brauchte ein Abtropfsieb, weil ihres kaputtgegangen war. Die andere fragte nach Rheumasalbe, und bei der Letzten war es das fehlende Olivenöl. Schließlich saßen sie zu dritt auf der Veranda und brüteten über einem Handy, das keine Nachrichten mehr verschickte. Kurz richteten sich ihre Hoffnung auf mich, doch als ich sagte, ich hätte davon keinen Schimmer, drehten sie sich weg. Wahrscheinlich glaubten sie mir kein Wort.

Ich stopfte mir Musik in die Ohren und freute mich, dass ich von ihnen nichts mehr mitbekam. Die alte Craig-David-CD, die ich seit Ewigkeiten löschen wollte, war immer noch drauf. Aber entweder hatte ich es vergessen, weil ich den iPod sowieso kaum noch benutzte, oder wegen wichtigerer Dinge immer wieder aufgeschoben.

Das nächste Lied katapultierte mich unerwartet in die Vergangenheit. Ich hatte es im letzten Herbst gehört, als ich auf dem Nachhauseweg mit Ken zusammengestoßen war. Stinksauer war er auf mich gewesen, nachdem ich ihn von oben bis unten mit meinem Schokomilchshake begossen hatte. Nicht absichtlich natürlich. Da konnten wir beide noch nicht ahnen, dass wir Zwangsgeschwister werden würden, weil sich meine Mutter ausgerechnet Kens Vater zum Verlieben aussuchen musste.

Wie ein Film lief die Zeit vor mir ab. Der Umzug in den Magnolienweg. Kens Kinderfoto, das ich aufgehoben hatte, weil es aus einer Kiste gefallen war. Die Matheaufgaben, bei denen er mir geholfen hatte. Die gruselige Geisterbeschwörung, bei der Merrie völlig weggetreten war. Kens Taggen an der Schulwand. Die Verhaftung. Unsere gemeinsame Putzaktion. Das Durcheinander mit Neo. Und natürlich Weihnachten. Weihnachten mit Ken.

Das Lied versetzte mich in eine sonderbare Stimmung, in eine Unruhe, die ich mir nicht erklären konnte. Ich hatte das Gefühl, nicht mehr allein zu sein, und damit waren nicht die Tanten gemeint. Fast erwartete ich, dass Ken neben mir stehen würde. Ich setzte mich auf, und da war er. Nicht neben mir, sondern auf unserem Dach. Genauso wie ich am ersten Tag Sayan aus der Ferne angesehen hatte, sah er nun mich an. Zwar nur sehr kurz, weil er sofort wegging, aber ich wusste, dass er mich beobachtet hatte.

»Drama, Baby, Drama«, Osman stolzierte mit schwingenden Hüften vor uns her und warf seine Arme in die Luft. »Die Hondetasche musse läbbän!«

Tamara lachte. »Okay Kleiner, wenn du älter bist, kaufe ich dich ein.«

»Ach nee«, winkte Osman ab. »Ich mach das nicht für Geld, davon geht die Kunst kaputt!«

Pätrick lachte übertrieben laut. »Du bist ja der totale Checker!«

Merrie saß geschminkt und mit effektvoll gebauschten Locken vor der Maskenbildnerin und schmunzelte aufgeregt. Sepp riss die Augen auf. Sie sah sensationell aus in dem weißen Korsagenkleid und ihren Ballerinas, die offensichtlich nicht ausgeleiert waren. Der Star des Clips. Jetzt war ich doch ganz froh, dass ich nicht mitspielte. Merrie war eine Erscheinung, neben der jede andere verblassen würde.

»Maşallah!«, sagte Sayans Onkel anerkennend zu Sepp, »your daughter is beautiful.« Sepp lächelte.

»Aber ein bisschen zu aufgetakelt, oder?«, flüsterte ich meiner Mutter zu, die uns zum Strand begleitet hatte, um den Dreharbeiten zuzusehen.

»Findest du?«, sagte sie leise. »Nein. Sieht doch gut aus.«

»Ich finde, es ist zu viel.«

Meine Mutter ließ ihren Blick über das Team und die anderen Darsteller schweifen.

»Merrie ist die Hübscheste«, wisperte sie. »Und die Blonde da.«

Amy trug Leggins und eine Tunika mit tiefem Ausschnitt, der ihre Oberweite betonte. Alles in Schwarz, als Kontrast zu Merrie. Auch Amys Haare waren offen und glänzten in der Sonne. Ken saugte sich förmlich an ihr fest. War ja klar. Ich stellte mich neben Sayan, der sich abseits hielt.

»Die sehen aus wie Schaufensterpuppen«, sagte er, und ich grinste dankbar.

»Aber Merrie ist schön«, sagte ich, um ihn herauszufordern.

»Eben, deshalb hat sie die ganze Schmückerei gar nicht nötig.«

Na, toll! Jetzt war ich genauso schlau wie vorher. Sayan wusste, was ich hören wollte, doch er sagte nichts mehr. Tamara klatschte in die Hände.

»So, Kinder, es geht los. Pätrick, du übernimmst den Ton. Denk an die Tüte, damit uns das Meeresrauschen bei der Aufnahme nicht stört. Merrie und Amy spielen Szene sieben. Auf geht's!«

»Könnt ihr jetzt bitte gehen?«, bat Merrie. »Ich kann mich nicht konzentrieren, wenn ihr alle zuschaut.«

»Klar«, nickte meine Mutter und verscheuchte uns. »Ihr wollt Bootfahren. Also, ab mit euch.«

Osman hüpfte zum Schlauchboot und löste das Seil, Sayan folgte ihm, um beim Tragen zu helfen. Sein Onkel, Sepp und Ken gingen zum Wasser. Meine Mutter zwinkerte mir zu.

»Viel Spaß«, sagte sie und nahm ihre Badetasche und die Latschen in die Hand. Dann schritt sie langsam am Ufer entlang zu den Felsen. Die größeren Wellen schlugen an ihre Beine und machten ihr Kleid nass. Dafür, dass sie schwanger war, sah man noch wenig. Sie hatte kaum zugenommen, und von hinten wirkte sie schlank wie immer.

Osman und ich durften ins Schlauchboot. Sayan legte seine Sachen hinein, warf sich ins Wasser und kraulte zum Schiff. Ken stand unentschlossen bis zu den Knöcheln im Meer. Er verzog das Gesicht.

»Na, Ken, kalt?«, grinste Sepp, gab Osman sein Shirt und schwamm hinter Sayans Onkel her, der das Schlauchboot zog.

Ken machte noch einen Schritt und blieb wieder stehen.

»Was ist los?«, rief Sepp ihm zu. »Komm schon!«

»Hey, du Warmduscher«, schrie Osman. »Soll ich dir zeigen, wie das geht?« Damit sprang er ins Meer und paddelte wie ein kleiner Frosch auf Ken zu. Als Osman ihm zu nahe kam und ihn nasszuspritzen begann, floh er den Strand hinauf und verschwand. Ich konnte es kaum glauben. Ken traute sich nicht ins Wasser? Weil es ihm zu kalt war?

Osman krabbelte wieder zu mir ins Boot, ich riss die Tasche mit den Kleidungssachen hoch, damit er sie nicht durchnässte. Sayans Onkel hatte Sepp das Ziehen überlassen und schwamm zum Segelboot. Dort war Sayan bereits mit einem der Segel beschäftigt. Nur in seiner Badehose turnte er so sicher und professionell auf dem schwankenden Untergrund herum, als wäre er nicht in Istanbul, sondern auf diesem Boot aufgewachsen. Er wusste genau, was er zu tun hatte.

Dann stiegen auch wir um. Das Boot hatte am Heck eine Leiter, über die Osman als Erster kletterte. Sayan fasste nach meiner Hand.

»Geht es?«

»Sicher«, lächelte ich und sprang hinein.

»Bist du seefest?«

»Ja, wenn die Wellen nicht zu hoch werden.«

»Heute bestimmt nicht«, er sah zum Himmel hinauf. »Hoffentlich bekommen wir überhaupt genug Wind zum Segeln.«

»Sayan«, rief sein Onkel vom Bug, »komm bitte mal.«

»Entschuldige«, sagte er.

»Schon gut.«

Während Sayan seinem Onkel half, holte Sepp mit Osman den Anker herauf, und ich sah mich um. Das Boot war weiß mit einer Kajüte aus Holz. Auch auf den Böden lag Holz. In der Kajüte befanden sich zwei lange Bänke und ein Tisch, der an den Seiten eingeklappt werden konnte, so dass man gut vorbeikam. Dahinter, in einer gemütlichen Koje, war das Bett. Größer als es von außen wirkte. Nirgends lag etwas herum, das bei Seegang vielleicht herunterfallen und kaputtgehen konnte. Alles war sicher in Schränken und Schubladen verstaut.

Ich stieg wieder an Deck. Die Männer hatten die Segel gesetzt, doch das Boot bewegte sich kaum. Es dümpelte eher auf der Stelle. Mir machte das nichts. Von mir aus hätten wir den Tag auch einfach so zubringen können. Auf dem Meer. Ohne Wind. Die Masten knarzten, das Boot schaukelte im dunkelblauen Wasser. Osman saß am Bug und baumelte zufrieden mit den Beinen.

»Schön, oder?« Sayan stand wieder neben mir. Ich nickte. »Sehr.«

»Immer wenn ich in Bodrum bin, fahren wir raus«, sagte er. »Normalerweise ist mein Vater dabei, dann segeln wir zu dritt.«

»Hast du keine Geschwister?«

»Doch, eine jüngere Schwester, aber sie mag Boote nicht.«

»Warum ist sie nicht hier?«, fragte ich. »Und deine Eltern, warum sind sie nicht hier?«

»Mein Vater ist auf einem Kongress in Europa, meine Mutter kümmert sich um meine Oma, die vielleicht Alzheimer hat, und meine Schwester ...«

»Oh!«, unterbrach ich ihn. »Und ich habe mit Dede noch Späße darüber gemacht. Tut mir leid.«

»Konntest du nicht wissen«, sagte Sayan. »Außerdem ist noch gar nicht klar, ob sie es wirklich hat.«

»Tut mir trotzdem leid.«

»Möchtest du vielleicht ein Gazos?«

»Gern«, antwortete ich. Sayan stieg in die Kajüte und kam mit ein paar geöffneten Flaschen zurück, die er an mich und die anderen verteilte. Wir setzten uns zu Osman nach vorn. Ein Passagierdampfer fuhr in der Ferne vorbei, und ich freute mich, in dieser gemütlichen Nussschale zu sitzen. In der Sonne. Mit Sayan, der mir über die Limo hinweg eine geballte Ladung rotoranger Blicke zuwarf. Passte Jannah zu Sayan? Sayan zu Jannah? Jannah und Sayan. Sayan und Jannah. S & J.

»Da!«, schrie Osman so laut, dass ich zusammenfuhr. »Fische! Ganz viele.«

Vor uns schwamm tatsächlich ein Schwarm kleiner silbriger Fische, wogte mal nach rechts, mal nach links, und bevor Osman seine Angel herausgekramt hatte, waren sie auch schon weg.

»So ein Mist!« Enttäuscht setzte er sich wieder an seinen Platz.

»Mach dir nichts draus«, sagte Sayan. »Nachher sehen wir bestimmt noch mehr.« Er sammelte unsere leeren Flaschen ein und brachte sie in die Kajüte.

»Immer noch kein Wind«, sagte Sayans Onkel. »Dann werfen wir jetzt den Motor an.«

Sepp nickte. Sayan löste einige Strippen am Segel, sein Onkel bediente eine Kurbel am Steuer, und Sepp befolgte die Anweisungen von Sayans Onkel. Kurz darauf startete er den Motor, und das Boot tuckerte langsam aus der Bucht. Sayan stand dicht hinter mir am Mast, seine Beine berührten mich ganz zart.

Die Sonne brannte jetzt so grell vom Himmel,

dass ich in meiner Tasche nach der Sonnenbrille tastete und quiekend zurückfuhr. Etwas hatte mich gestochen. Unter den Fingernagel.

»Was ist denn?«, fragten Sayan und Sepp gleichzeitig. Einer auf Türkisch, der andere auf Deutsch. Da musste ich trotz blutendem Finger lachen.

»Weiß nicht«, sagte ich, öffnete die Tasche richtig und entdeckte ein rotes Päckchen aus Stoff, das nicht meins war.

Etwas größer als eine Walnuss und mit etwas Raschelndem gefüllt. Wie kam das da rein? Als ich drückte, stach ich mich wieder. Da war eine Nadel drin! Ich zog an dem goldenen Bändchen, mit dem es verschnürt war, doch bevor ich es öffnen konnte, riss es mir Sayans Onkel aus der Hand und warf es fluchend ins Meer.

»Warum tun Sie das?«, fragte ich. »Was ist damit?«

Sayans Onkel sah Sayan an, Sayan sah seinen Onkel an.

»Kennst du Büyü-Zauber?«, fragte Sayans Onkel. Ich wurde blass. Wer sollte so was tun, ich kannte niemanden, der mir so etwas … Meine Oma? Nein, das wollte ich nicht glauben, das konnte nicht sein!

»Diesen Blödsinn machen türkische Frauen hier immer noch«, schimpfte Sayans Onkel. »Man fragt sich, in welcher verdammten Zeit wir leben, im Mittelalter?«

Sepp nickte ernst, und ich wurde rot, weil selbst meine Mutter noch an solche Dinge glaubte. Vielleicht nicht unbedingt an Büyü-Zauber, aber doch an Geisterbeschwörungen, den bösen Blick und vieles andere. Dabei lebte sie weder in der Türkei, noch war sie irgendwie zurückgeblieben.

Ich sah dem roten Stoff nach. Er hatte sich geöffnet und dem Meer sein Geheimnis anvertraut. Nun würde ich nie erfahren, was außer der Nadel in dem Zauberpäckchen gewesen war. Es sei denn, ich fragte Anneanne. Selbst wenn sie es nicht in meine Tasche geschmuggelt hatte, so würde sie doch sicher wissen, was man hineintun musste, um die gewünschte Wirkung zu erzielen. Aber wollte ich das wirklich wissen?

»Zeig mal«, Sayan nahm meine Hand und untersuchte den Finger. Es blutete nicht mehr, aber ein roter Strich war unter dem Nagel zu sehen. Die andere Stelle war nicht der Rede wert.

»Geh es desinfizieren«, sagte Sayans Onkel zu seinem Neffen. »Im Erste-Hilfe-Koffer ist Jodtinktur.«

Sayan führte mich in die Kajüte, öffnete einen der Schränke und nahm den Verbandskasten heraus. Vorsichtig besprühte er meinen Finger.

»Geçmiş olsun!«, lächelte er und hauchte so etwas wie einen Kuss auf meine Hand.

Dabei tat mein wummerndes Herz viel mehr weh als der Finger.

»Wo bleibt ihr denn?«, rief Osman in die Kajüte. »Da ist ein Killermanta, Mensch!«

12
Qualmende
Familienangelegenheit

In der Nacht träumte ich, unter Wasser atmen zu
können. Vielleicht schwamm ich auch in der Luft.
Ich konnte die Atmosphäre nicht bestimmen. Luft
oder Wasser, egal. Es fühlte sich jedenfalls phantas-
tisch an. Weich und warm und hell. Ich trieb auf
ein federleichtes Türkis zu, das sich mit jeder meiner Bewegungen veränderte. Auf der einen Seite
verschwamm es im Blau und löste sich hinten in
Pastell auf. Die andere Seite schwang von Apfel-
grün ins Tannengün. Ich sah an mir herunter. Gelb
ging von mir aus. Ein strahlendes sonniges Gelb.
Vor mir wurde daraus Limettengrün. Links mischte es sich zu einem sanften Orange. Rechts drängte
ein mächtiges Rot hinzu, das von tiefem Pink aufgefangen wurde. Dahinter schlummerten nebeneinander ein liebliches Lila und ein pudriges Rosa.
Sie alle webten mich in ihren Regenbogen ein.
Und ich schwamm von einer Nuance zur anderen
und tönte sie mit meinem Licht.

Als ich langsam aus dem Traum auftauchte, war
ich so glücklich und zufrieden wie lange nicht

mehr. Mit geschlossenen Augen spürte ich dem Leuchten nach, das von mir ausgegangen war und nun sachte abklang.

Ob mich die Bootstour in dieses Farbenmeer geschickt hatte? Vielleicht.

Die Buchten, die Sayans Onkel mit uns ansteuerte, waren atemberaubend. Sayan hatte nicht zu viel versprochen. Kristallklares türkisgrünes Wasser, in dem wir tatsächlich Seeigel, Muscheln und Fische sehen konnten. Und bis auf ein paar Segelboote kein Mensch weit und breit. Der Mantarochen, den Osman entdeckt hatte, schwamm sogar kurz neben uns her. Auf meine Bitte hin wurde nicht geangelt. Ich wollte die Fahrt in jeder Hinsicht lebendig genießen. Und das war sie. So sehr, dass ich hoffte, das Gekribbel zwischen Sayan und mir würde den anderen nicht auffallen. Deshalb sah ich ihn so wenig wie möglich an, er tat das Gleiche. Die Erwachsenen verhielten sich so, als wäre alles wie immer. Wahrscheinlich bekamen sie ohnehin nichts mit. Und Osman war zu sehr mit dem beschäftigt, was es drumherum zu sehen gab. In einer Bucht mit besonders feinem Sand gingen wir vor Anker, badeten und picknickten am Strand. Meine Mutter und Sayans Tante hatten uns reichlich Proviant mitgegeben.

Obwohl alles sehr lecker war, bekamen Sayan

und ich kaum etwas runter, und erst das fanden Sepp und Sayans Onkel merkwürdig, weil Seeluft ja hungrig machen soll. Ich war nach zwei gefüllten Weinblättern pappsatt. Sayan quälte sich mit einem Fleischspieß herum, mochte ihn jedoch aus Höflichkeit nicht liegen lassen. Osman stopfte alles in sich hinein und musste zehn Minuten später dringend hinter den Felsen verschwinden.

Auf der Rückfahrt wurden die Segel gesetzt. Wind war aufgekommen, und Sayan und die Männer hatten gut zu tun, das Boot auf Kurs zu bringen. Osman und ich saßen wieder am Bug und ließen unsere Füße vom Meerwasser bespritzen.

Ich merkte, dass mein Gesicht und mein Dekolleté leicht brannten. Die Sonne war wohl doch zu stark für meine helle Haut. Ich cremte noch einmal nach und legte mir ein Handtuch über die Schultern, damit es nicht schlimmer wurde. Osman war britzbraun. Der Tag auf dem Wasser hatte seine Farbe noch vertieft, und er passte perfekt zu Sayan und seinem Onkel. Die drei wurden nur von Sepp übertroffen, der mit einem Mal einen richtig dunklen Bronzeton angenommen hatte.

Als wir in unsere Bucht einfuhren und ich die Häuser in den Hügeln liegen sah, überkam mich ein schönes Zuhausegefühl.

Osman war mit dem Kopf auf meinen Beinen

eingeschlafen und murrte, weil ich ihn weckte. Auch ich war müde, mein Gesicht glühte, und ich brauchte dringend etwas Joghurt zum Kühlen des Sonnenbrands. Da war ich dankbar, dass Sayan die meiste Zeit mit den Manövern beschäftigt war und nicht so sehr auf mich achtete. Hoffentlich war das schnell wieder weg, ich wollte nicht die nächsten Tage mit einer roten Birne herumlaufen!

Ken hatte auf dem Dach gesessen, als wir vom Strand kamen, das sah ich von weitem. Ich war mir sicher, dass er uns von seinem Pavillon ausgekundschaftet hatte. Schließlich konnte er von da oben alles wunderbar überblicken.

Sayan und sein Onkel verabschiedeten sich von uns, um Osman zu seiner Oma zu bringen und dann in ihr eigenes Haus zu gehen. Sayan lächelte, und ich wusste, dass die Harmlosigkeit zwischen uns nun vorbei war. Bald würde etwas geschehen. So oder so.

Meine Mutter hatte Eis besorgt, doch mir war nach der vielen Sonne, der Schaukelei auf dem Boot und der Sache mit Sayan ziemlich schlecht. Außerdem roch es merkwürdig nach Abgasen, als wäre ein Laster durchs Wohnzimmer gefahren. Wir erfuhren auch, warum. Mustafa, der Verwalter, war zuvor mit einem Kanister Dieselbenzin auf dem Rücken durch die Anlage gegangen und hatte das Gemisch mit einem Pestizidzerstäuber überall versprüht.

Da meine Mutter nicht darauf vorbereitet war, hatte sie der Qualm nicht nur auf ihrer Liege erwischt, sondern war durch offene Türen und Fenster ins Haus gedrungen. Als sie Mustafa daraufhin zur Rede stellte, sagte er, er hätte Anweisung von den Hausinhabern, weil die in der Anlage keine Mücken haben wollten. Die drei Tanten schickten Mustafa sogar ganz bewusst alle paar Tage durch ihre Häuser, um sie auszuräuchern. Sepp regte sich richtig auf, schimpfte über Ignoranz, Rückständigkeit und Umweltverschmutzung.

Merrie hatte hingegen einen sehr netten Drehtag am Strand verbracht. Sie erzählte, dass Pätrick das Set verlassen musste, nachdem er sie schon wieder Schoko genannt hatte. Tamara hatte ihn ins Hotel geschickt und ihm sein Tageshonorar gestrichen. Merrie hatte sich super mit Amy verstanden, und der Zickenkrieg, den sie spielen sollten, war so realistisch geworden, dass beide ein großes Lob von Tamara bekommen hatten.

In zwei Tagen sollten die Dreharbeiten abgeschlossen sein, und Merrie würde mehr Szenen spielen als ursprünglich geplant. Ihre Augen leuchteten vor Freude, und obwohl mein Neid noch ein bisschen piekste, fand ich es jetzt in Ordnung.

Ken musste sich zwar von Sepp als Lusche ver-
höhnen lassen, weil er sich nicht ins Wasser getraut
hatte, doch er grinste nur und machte sich dafür
über meinen Sonnenbrand lustig. Mich kränkte das
nicht. Im Gegenteil. Das war der Preis für einen
wunderschönen Tag mit Sayan gewesen.

Die Tür schepperte ins Schloss. Merrie auf dem
Weg zum Ruhm. Um kurz vor zehn.

Ich gähnte und streckte mich ausgiebig. Heute
würde ich Sayan erst abends sehen, weil er mit seinem Onkel nach Bodrum fahren und ein Ersatzteil
für den Bootsmotor kaufen würde.

Als ich gefragt hatte, ob sein Onkel das nicht
allein machen könnte, hatte er nur den Kopf ge-
schüttelt und gesagt, das ginge nicht. Ich war enttäuscht, denn Sayans Ferien waren nächste Woche
vorbei. Er fuhr vor uns nach Istanbul zurück. Und
was würde dann sein? Würde bis dahin überhaupt
irgendetwas mit uns sein? Im Tageslicht schmolz
meine Gewissheit darüber hin. Schließlich war er
siebzehn, zwei Jahre älter als ich.

Wenigstens hatte die Joghurtmaske eine heilsame
Wirkung gehabt. Mein Gesicht war nicht mehr
ganz so rot, stellte ich im Spiegel fest. Trotzdem
würde ich heute im Schatten bleiben. Vielleicht
konnte ich dann endlich mal was lesen? Keine zwei

Seiten hatte ich bisher in dem Buch geschafft. Auch nicht überraschend nach der Spinnennummer. Ich hatte es danach ja nicht mal mehr anfassen mögen, weil mir immer noch diese langen Beine entgegenkamen. Aber was sollte ich sonst den ganzen Tag machen? Häkeln? Merrie war am Strand beschäftigt, Levent, Cavit und die Mädchen würden erst zum Wochenende wiederkommen, und mit Ken konnte ich sowieso nichts anfangen.

»Jannah«, rief meine Mutter ins Badezimmer, wo ich unter der Dusche stand. »Wie lange brauchst du denn noch, wir wollen frühstücken.«

»Jaha«, rief ich zurück, »gleich.«

»Anneanne und Dede sind da, beeil dich.«

Meine Großeltern hatten selbstgemachte Quittenmarmelade mitgebracht, und als ich dazukam, erklärte Dede Sepp gerade, was das für Früchte waren.

»Quitten sind Rosengewächse und eng mit Äpfeln und Birnen verwandt«, sagte er. »Sie sind sehr vitaminreich und helfen unter anderem bei Halsentzündungen und Hustenreiz. In der Antike wurden sie von den Griechen nach Europa importiert. Die Portugiesen nannten sie Marmelo.«

»Kommt daher das Wort Marmelade?«, fragte ich.

»Kluges Kind«, lächelte Dede. »Ja.«

Sepp nahm eine Löffelspitze voll und probierte sie pur. »Delikat.«

Ich gab Anneanne und Dede einen Begrüßungskuss und setzte mich an den Tisch. Ken war nicht da. Dass er so lange schlafen konnte, obwohl ihm die Sonne ins Gesicht scheinen musste?!

»Wie geht es dir, Güzelim?«, fragte meine Oma, und ich wusste nicht, ob sie fragte, weil es sie wirklich interessierte, oder ob sie fragte, weil sie wissen wollte, was aus ihrem Zauber geworden war. Wenn das Päckchen überhaupt von ihr stammte. Es ärgerte mich, dass ich ihr nicht unbefangen begegnen konnte, dass ich versuchte, jeden ihrer Blicke zu deuten, dass ich misstrauisch geworden war.

»Gut«, ich tunkte das noch warme Weißbrot in die Marmelade. »Lecker.«

»Iss, mein Mädchen, iss«, sagte Anneanne. »Du bist viel zu dünn, du musst mehr essen.«

»Kann ich nicht«, sagte ich und dachte, dass ich das auch gar nicht wollte. Ich fand mich genau richtig, so wie ich war.

Ken kam um die Ecke geschnauft. Schweißüberströmt, in einer kurzen Laufhose und einem Trägershirt.

»Hello«, japste er in die Runde, stützte sich an einem Mauervorsprung ab, der vom Haus aufs

Grundstück ragte, und dehnte sich. »Tja, da guckt ihr, was?« Er grinste in unsere überraschten Gesichter.

»Doch keine Lusche, was?«, lachte Sepp. »Kaffee? Tee?«

»Später«, Ken winkte ab. Er bekam kaum Luft. »Erst mal duschen.«

»Euer Sohn ist sportlich«, sagte Dede. »Das ist gut.«

Ich fing den Blick auf, den Anneanne Ken zuwarf. Er war nicht ablehnend, hatte jedoch etwas Distanziertes an sich.

»Was ist das?«, fragte meine Mutter auf Deutsch und zeigte auf meinen Fingernagel, unter dem das Blut noch zu sehen war.

»Ich habe mich gestochen«, sagte ich auf Türkisch und sah Anneanne an. »Gestern auf dem Schiff. In meiner Tasche war was Komisches, ein roter Beutel mit einer Nadel drin, in die ich gefasst habe.«

Die Augenbrauen meiner Mutter zogen sich zusammen.

»Hast du es desinfiziert?«, fragte Anneanne. Ich nickte.

»Was für ein Beutel?«, fragte Dede argwöhnisch.

»Das klären wir noch«, sagte meine Mutter und fixierte Anneanne.

»Ist was?« Sepp sah uns an. »Warum sprecht ihr jetzt Türkisch?«

»Alles in Ordnung«, lächelte meine Mutter gezwungen. »Nur eine kleine Familienangelegenheit.«

Nachdem wir das Frühstück abgeräumt hatten, ging Ken mit Sepp zum Strand, Dede döste auf der Liege, und meine Mutter und Anneanne verzogen sich in die Küche, wo ich sie leise reden hörte. Leider konnte ich nichts verstehen, deshalb schlich ich mich nach draußen in die Nähe des offenen Fensters.

»Wie oft habe ich dich schon gebeten, damit aufzuhören?« Die Stimme meiner Mutter. »Du lässt es einfach nicht.«

»Na und?«, kam von Anneanne zurück. »Dieser Junge ist immer noch besser als der andere.«

»Welcher andere?«

Ich hielt die Luft an.

»Na, euer Junge.«

Mein Herz setzte einen Moment aus, um im nächsten in rasenden Galopp zu verfallen. Ich konnte nicht glauben, was sie da sagte.

»Mutter, was redest du denn da?«, fragte meine Mutter entsetzt. »Du meinst doch wohl nicht Kenan?«

»Aber sicher, genau den«, schnaubte Anneanne. »Siehst du nicht, wie der hinter Jannah her ist? Wie der sie anstarrt? Da kommt doch nichts Vernünftiges bei raus. Willst du das etwa?«

»Um Gottes willen, Mutter!« Die Stimme meiner Mutter ging höher. »Kenan ist Sebastians Sohn. Er interessiert sich gar nicht für Jannah, und sie sich nicht für ihn.«

»Ja genau, und die Erde ist eine Scheibe! Meine Güte, Suzan, wie blind muss man denn sein?!«, sagte Anneanne bissig. »Aber von mir aus, ihr müsst ja wissen, was ihr duldet und was nicht.«

»Fängst du wieder mit den alten Kamellen an?«, schnauzte meine Mutter. »Willst du dich schon wieder in Dinge einmischen, die dich nichts angehen? So wie früher? So wie du es immer bei mir gemacht hast? Soll das jetzt bei meiner Tochter weitergehen? Soll es das, Mutter?«

Angestrengt lauschte ich.

»Gib mir gefälligst eine Antwort, Mutter! Willst du das?«

»Ich denke, du begreifst einfach nicht, dass es das Beste für Jannah ist.«

Ich schluckte und schüttelte fassungslos den Kopf.

»Woher nimmst du das, Mutter?«, fragte meine Mutter zunehmend verzweifelt. »Woher meinst du zu wissen, was gut für mich und Jannah ist? Mit welchem Recht versuchst du immer noch, mich ständig zu manipulieren?«

»Ist das etwa Manipulation, wenn man für seine Kinder und Enkel Gutes will?«, verteidigte sich meine Oma. »Ist es Manipulation, wenn man an ihrem Glück interessiert ist? Sag mir das, Suzan!«

»Wenn du an unserem Glück interessiert wärst, würdest du unsere Entscheidungen respektieren und nicht versuchen, uns deine Vorstellungen aufzudrücken!«

»Du hast mich noch nie verstanden, Suzan.«

»Du mich auch nicht, Mutter.« An der Stimme meiner Mutter hörte ich, dass sie kurz vorm Weinen war. »Rate mal, warum ich unbedingt hier weg wollte!?«

Sie tat mir unendlich leid. Am liebsten wäre ich zu ihr gestürmt und hätte sie in den Arm genommen.

»Ja«, sagte Anneanne. »Weil du dir schon immer gern unnötige Probleme aufgehalst hast. Es musste immer schwieriger sein als bei allen anderen. Allah Allah! Deutschland mit seiner ganzen Fremdheit reichte dir nicht, ein deutscher Mann musste es sein, unbedingt! Als wenn das nötig gewesen wäre! Als wenn das Scheitern nicht vorprogrammiert gewesen wäre! Natürlich war die Scheidung nur

eine Frage der Zeit, das hätte ich dir gleich sagen
können! Aber das reichte dir alles immer noch
nicht, jetzt musste das auch noch sein!?«

»Was, Mutter?«

Mit einem Ruck wurde das Fenster geschlossen,
und ich stand da und verstand die Welt nicht mehr.

13
Die Flügel der Schildkröte

Während die Tränen über mein Gesicht rollten, fragte ich mich, warum ich eigentlich weinte. Was tat so weh, dass ich mich nicht halten konnte, dass mich immer neue Schübe erfassten? Wem galt das? Meiner Mutter? Ken? Mir selbst? Worum ging es eigentlich?

Es fühlte sich alles verworren und falsch an. Anneanne und Dede waren kurz danach gefahren, und meine Mutter hatte sich im Schlafzimmer eingeschlossen. Auf mein Klopfen hatte sie mich gebeten, sie eine Weile in Ruhe zu lassen, sie habe Unterleibsschmerzen. »Ich hab auch Leibschmerzen!«, hätte ich fast gerufen. Stattdessen legte ich mich wieder ins Bett und griff zu meinem Handy. Als ich Lou anrief, maulte sie ein bisschen, aber sie freute sich trotzdem, das merkte ich.

»Mann, das ist ja ein Brett«, sagte sie schließlich. »Ist deine Oma echt so abergläubisch?«

»Scheint so.«

»Und was hat sie gegen Ken und seinen Vater, hat sie das gesagt?«

»Keine Ahnung, ich verstehe das alles überhaupt nicht.«

»Nee«, sagte Lou. »Ich auch nicht. Vor allem, warum war ihr Liebeszauber so aggressiv und deiner so harmlos?«

»Weil sie keinen Liebeszauber, sondern Büyü gemacht hat. Das zählt zur schwarzen Magie. Das kannst du nicht vergleichen.«

Wir schwiegen einen Augenblick. Ich wusste nicht mehr, was ich sagen sollte, und Lou schien nachzudenken.

»Und was ist das da mit diesem … Dings, wie heißt der noch?«

»Sayan.«

»Sayan?«

»Weiß ich auch nicht«, sagte ich. »Er ist supersüß, wirklich, und ich glaube, ich hab mich verknallt. Aber dann hätte meine Oma erreicht, was sie wollte, das bringt mich total durcheinander. Ich will nicht in ihn verknallt sein, nur weil meine Oma dafür gesorgt hat, dass ich mich in ihn verknalle, verstehst du?!«

»Klar, das nervt ja richtig.«

»Genau so!«

»Aber, was willst du jetzt machen?«

»Weiß ich nicht, ich dachte, du hättest vielleicht eine Idee?«

»Nicht wirklich«, sagte Lou. »Du kannst ihn ja schlecht abschießen, nur um deiner Oma zu beweisen, dass sie einen Fehler gemacht hat.«

»Eben!«

»Jannah, du steckst echt in der Scheiße, wenn ich das mal so sagen darf!«

»Ach was?«, schimpfte ich. »Ist mir schon klar.«

»Und was ist mit Ken?«

»Nichts, niente, nada. Interessiert mich auch, ehrlich gesagt, null.«

»Und wieso sagt deine Oma dann, dass er auf dich steht?«

»Woher soll ich das wissen?«, zeterte ich. »Sayan hat das anfangs auch behauptet, aber das ist purer Schwachsinn! Der steht auf so 'ne blonde Tusse vom Film.«

»Hmm«, machte Lou. »Okay, lass mal sortieren. Ich denke, du hast nicht viele Möglichkeiten. Entweder du schmeißt dich an Ken ran, dann ärgert sich zwar deine Oma, aber du hast nichts davon, weil er dir nicht mehr wichtig ist, richtig?«

»Richtig«, sagte ich.

»Oder du nimmst das Schöne mit diesem Sayan jetzt mit, auch auf die Gefahr, dass du damit den Hexenvertrag deiner Oma unterschreibst.«

»Klingt beides nicht toll.«

»Ja, aber was anderes weiß ich nicht. Außer du

lässt beide sausen und brutzelst den Rest der Ferien in der Sonne. Das geht natürlich auch.«

»Nee«, sagte ich. »Geht nicht. Ich kann Sayan nicht aus dem Weg gehen. Also nicht, ohne ihn zu kränken. Außerdem will ich das gar nicht. Ich will ihn ja sehen.«

»Dann, beste Freundin, Augen zu und durch!«

»Du hast leicht reden!«, sagte ich vorsichtig, weil ich mich plötzlich etwas besser fühlte. »Ich weiß nicht, wie das geht.«

»Mann, Jannah, einfach zulassen.« Ich konnte ihr Grinsen durch das Telefon sehen. »Entspann dich, ich denke, es ist alles gar nicht so schlimm.«

»Meinst du?«

»Sicher, vergiss das mit deiner Oma erst mal.«

»Ja, aber ich bin so enttäuscht von ihr, weißt du? Ich hätte nie gedacht, dass sie so ist.«

»Vielleicht geht es ihr ja wirklich um dein Glück? Und vielleicht hat sie einfach nur früher gesehen, dass Sayan zu dir passt? Früher als ihr? Wäre doch möglich?!«

»Du hast recht.«

»Hab ich das nicht immer?« Sie schwieg kurz. »Aber darf ich noch was sagen?«

»Nur zu.«

»Schade ist das ja doch mit Ken.«

Nachdem wir aufgelegt hatten, starrte ich eine ganze Weile an die Decke. Ich wollte mich mit Lesen ablenken, kam aber über die ersten Sätze nicht hinaus. Es ging drunter und drüber in meinem Hirn. Und als Ken dann noch zur Tür hereinguckte und mich freundlich fragte, ob ich Lust auf eine Runde Beachball hätte, wurde es nicht besser.

Ich schüttelte den Kopf, er verschwand.

Weil ich nicht wusste, was ich sonst machen sollte, stand ich schließlich auf und ging zum Strand. Dort lungerte Osman allein mit ein paar Leuten vom Filmteam herum. Die meisten waren beim Dreh auf dem Boot. Und das war weg, rausgefahren. Das wunderte mich, da es ja Sayans Onkel gehörte und er in Bodrum war. Er musste es ihnen einfach so überlassen haben. Osman schlurfte gelangweilt davon.

Ich legte mein Handtuch in den Sand, beschwerte es mit ein paar Steinen, streifte das Kleid ab und ging langsam ins Wasser. Obwohl sich an der Temperatur sicher wenig geändert hatte, kam es mir nicht mehr ganz so kalt vor. Mit kräftigen Schwimmstößen trieb ich mich voran, bis ich recht weit vom Ufer entfernt war. Dann ließ ich mich in die Tiefe sinken und meine Haare wogten wie lange rote Algen über mir. Angestrahlt von der Sonne, die ins Wasser schien. Das sah irre aus, und ich bedauerte, dass niemand davon ein Foto schießen konnte.

Auf dem Rücken schwamm ich zurück zum Ufer. Dort saß meine Mutter. Sie hatte sich in ein buntes Tuch gewickelt und eins in ihre schwarzen Haare geflochten. Ich war stolz, so eine schöne Mutter zu haben. Erfrischt stieg ich aus dem Wasser und setzte mich zu ihr.

»Na, du?« Sie legte ihren Arm um mich. Ich lehnte mich an sie. »Ihh, du bist nass.«

»Das hat Wasser so an sich«, lächelte ich.

»Du«, begann sie zögernd, »ich muss dir was sagen.«

»Musst du nicht«, sagte ich. »Ich habe gehört, worüber du mit Anneanne geredet hast.«

»Mist! Tut mir leid!«

»Da kannst du ja nichts für.«

»Trotzdem«, beharrte sie. »Das hätte ich dir gern erspart.«

»Weil du auch nur Gutes für mich willst?«

»Ja, genau«, lächelte sie. »Weil ich möchte, dass du glücklich bist und deine eigenen Entscheidungen triffst.«

»Das mache ich«, sagte ich. »Kannst dich drauf verlassen.«

»Ich weiß«, sagte meine Mutter, und so blieben wir nebeneinander sitzen. Mein Kopf an ihrer

Schulter. Und das fühlte sich sehr richtig und nicht mehr schmerzhaft an.

Merrie kam nach einem langen Drehtag völlig erschöpft nach Hause. Sie hatte sich mit einem Mädchen gestritten und musste nicht nur den gesamten Tag mit ihr auf dem Boot verbringen, sondern auch noch Freundschaft spielen. Das war beiden nicht leichtgefallen, aber Merrie sagte, sie hätten es geschafft. Und weil Tamara mit den bisherigen Aufnahmen sehr zufrieden war, hatte sie dem ganzen Team noch eine Überraschung zu verkünden. Am nächsten Abend, wenn der Dreh abgeschlossen sein würde, waren alle ins Halikarnas, die absolut genialste Disco der Welt, eingeladen. Und das Tollste war, dass Merrie mich, Ken und die anderen aus der Anlage mitbringen durfte.

»War das Tamaras Idee?«, fragte ich.

»Nein, meine«, antwortete Merrie. »Ich wollte euch gern dabeihaben.«

»Sind dann alle da?«, fragte Ken.

»Ja, Amy ist auch dabei, Ken«, grinste Merrie. »Keine Sorge.«

»Ich meinte das eher allgemein«, ranzte Ken zurück.

»Ja, alle, die beim Dreh mitgemacht haben. Leider auch Pädo-Pätrick.«

»Wer?«, fragte Sepp. »Pädo-Pätrick?«

»Ach, so ein Vollpfosten, der sich gern reden hört.«

»Und das ist ein Pädophiler, oder was?«

»Weiß ich nicht«, sagte Merrie. »Nein, bestimmt nicht, aber bei manchen seiner Sprüche könnte man das denken.«

»Soll ich mir den mal vorknöpfen?«, fragte Sepp.

»Bloß nicht«, bat Merrie. »Tamara hat das schon im Griff. Ich glaube, der ist einfach nur doof.«

Es klopfte, und ich wurde rot, als Sayan in der Tür stand. Ken grinste mich an. Ich ignorierte ihn. Sayan fragte, ob er mich für eine Stunde entführen dürfe. Meine Mutter hatte nichts dagegen, ich auch nicht, obwohl ich mich gern noch umgezogen hätte, aber ich wollte Sayan nicht allein bei meinen Leuten stehen lassen. Ich zog die Tür hinter mir zu und wusste, was die da drin jetzt dachten. Jannah ist mit Sayan zusammen. Vielleicht lagen sie damit auch nicht falsch. Aber das hatte nichts, gar nichts mit meiner Oma zu tun! Ich war entschlossen, diesen Zwischenfall zu vergessen.

»Gehen wir ein Stück?«, fragte Sayan und griff nach meiner Hand.

»Ja«, sagte ich leise. Wie selbstverständlich wandten wir uns zum Strand und gingen schweigend nebeneinanderher. Seine Hand war warm und fest und ziemlich groß, und meine fühlte sich gut darin. Ab und zu sah Sayan mich an, doch ich hielt den Blick geradeaus gerichtet.

»Wie war es in Bodrum?«, fragte ich. »Habt ihr das Teil bekommen?«

»Anstrengend«, antwortete Sayan. »Nein, in Bodrum war es ausverkauft, und wir mussten bis Milas fahren. Dort haben wir noch einen Freund meines Onkels besucht und gegessen. Es hat ewig gedauert, bis wir da weggekommen sind.« Er lächelte. »Na, du kennst das.«

»Ja«, mehr brachte ich nicht raus. An der Mündung des Flusses machten wir halt. Ich fragte mich, ob es richtig gewesen war, mit Sayan spazieren zu gehen. Obwohl er so lieb war, bekam ich jetzt Angst. Es war dunkel geworden. Über den Bergen erschien der Mond. Um einiges voller als bei der letzten Abendwanderung. Malerisch zog eine dünne Wolke über ihn hinweg. Wir setzten uns in den Sand.

»Was hast du heute gemacht?« Sayan sah mich wieder an.

»Nichts«, sagte ich. »Gelesen und geschwommen und so.«

»Merrie war auf dem Boot, oder?«

»Ja. Sie ist mit der Crew rausgefahren«, sagte ich. »Hat dein Onkel es ihnen vermietet?«

Sayan nickte. »Das Boot und Mustafa gleich dazu, weil sich von denen keiner auskannte.«

»Osman war sauer, weil er nicht mitdurfte.«

Sayan lächelte, und ich kämpfte gegen die Gänsehaut, die sich auf meinem Rücken ankündigte. Doch sie kroch unaufhaltsam über meinen Nacken zu den Armen und kribbelte dann hinab, bis sie an meinen Beinen auslief. Schlimmer als in einem Ameisenhaufen. Ich zitterte.

»Dir ist kalt«, bemerkte Sayan und legte sein Hoody über meine Schultern. Aus seiner Hosentasche zog er ein kleines hellblaues Päckchen mit einem goldenen Gummiband, das er in meine Hand legte. Ich wollte das nicht sehen. Ich wollte es nicht aufmachen. Ich wollte es nicht haben. Ich wollte nicht, dass er mir etwas schenkte. Ich hatte ein schlechtes Gewissen und wusste nicht, warum. Unerträglich.

»Sayan«, begann ich. »Ich …«

»Warte«, unterbrach er mich. »Du musst gar nichts sagen oder machen, okay?«

»Aber …«

»Tu mir den Gefallen und nimm es an, ja?« Sein Blick bat mich so sanft, dass ich nichts erwidern konnte. »Bitte. Es ist nur ein winziges Geschenk für ein ganz besonderes Mädchen.«

Ich schluckte und löste das Gummiband von

der Schachtel. Auf hellblauer Watte lag eine feine goldene Kette. Ich nahm sie heraus. Zwei kleine goldene Flügel hingen daran. Meine Lieblingskette. Das war das schönste Schmuckstück, das ich jemals bekommen hatte.

»Bist du deshalb nach Bodrum gefahren?«

»Gold passt zu deinen Haaren«, sagte er. »Und deinen Augen.«

»Danke«, sagte ich. »Sie ist wunderschön.«

»Darf ich sie dir umlegen?«

Ich nickte. Er hakte den Verschluss ein und betrachtete stolz sein Werk. »Ich wusste, dass sie dir steht.«

»Du bist verrückt«, lächelte ich.

»Ich wäre gern noch viel verrückter«, sagte er und strich mit seinem Zeigefinger über meine Wange. Er wollte noch etwas sagen, doch sein Blick wurde abgelenkt und richtete sich auf etwas hinter mir. »Schsch«, machte Sayan.

»Was ist?«, wisperte ich erschrocken. Krabbelte eine Schwarze Witwe oder ein Skorpion auf mich zu?

»Leise, hinter dir ist eine Schildkröte.«

Behutsam drehte ich mich um. Keinen Meter von uns entfernt schob sich tatsächlich eine Schildkröte den Strand hinauf, ohne sich von uns stören zu lassen. Unbeirrt pflügte sie durch den Sand. Sie war etwa fünfzig oder sechzig Zentimeter lang. Als sie die richtige Stelle gefunden zu haben schien, begann sie zu graben. Mit ihren paddelartigen Flossen schaufelte sie eine Ladung Sand nach der anderen beiseite. Erstaunlich schnell entstand eine Kuhle, und wir konnten sehen, wie sie ihre Eier ablegte. In rascher Folge ploppten unzählige helle Kugeln ins Nest, und schon war sie wieder mit Zuschaufeln beschäftigt.

»Eigentlich legen sie hier gar keine Eier mehr«, flüsterte Sayan. »Sie sind eher an den ruhigen Stränden im Osten zu finden, wie am Kap Anamur, aber diese scheint den Platz zu mögen.« Die Schildkröte hatte ihre Aufgabe erfüllt und robbte zurück ins Meer.

»So was habe ich noch nie gesehen«, flüsterte ich zurück. »Das ist beeindruckend.«

»Hoffentlich gräbt niemand die Eier aus«, sagte Sayan, nachdem das Tier verschwunden war. »Wäre schade um die Kleinen.«

»Wer sollte das tun?«

»Ach, da gibt es genug Schwachköpfe.« Sayan stand auf und verwischte mit dem Fuß die Spuren der Schildkröte. »Aber vielleicht haben sie Glück?!«

»Schade, dass ich nicht sehen kann, wenn sie schlüpfen«, sagte ich. »Das muss zu niedlich sein.«

»Ja, da hast du recht«, Sayan griff wieder nach meiner Hand, um mich hochzuziehen. »Komm, wir gehen zurück.«

Während wir am Wasser entlangschlenderten, tastete ich immer wieder nach den Flügeln an meinem Hals. Er hatte mir goldene Flügel geschenkt. Sayan wusste, dass ich fliegen konnte.

14
Mitten ins Herz

»Wer hat schon wieder mein Handy verschleppt?«
Sepp warf Merrie, Ken und mir strenge Blicke zu.
Wir sahen uns an und konnten uns nur mühsam
das Lachen verkneifen. Ken grinste seinen Vater
offen an.

»Was gibt es da zu gnickern?«, fragte Sepp. »Ich
habe es vorhin auf den Tisch gelegt, und jetzt ist es
weg. Also, wer hat's?«

»Nimm das solange«, sagte meine Mutter, die
eben zur Tür hereinkam. »Lag auf dem Kühlschrank.«

»Da habt ihr ja gerade noch mal Glück gehabt«,
sagte Sepp, und meine Mutter verdrehte die Augen.

»Wie kommt ihr eigentlich ins Halikarnas?«,
fragte sie.

»Mit dem Filmteam«, antwortete Merrie. »In
den Autos ist noch genug Platz für uns sechs.«

»Wer fährt denn alles mit?«

»Also wir drei, Levent, Cavit und …«, sie sah
mich bedeutungsvoll an, »Sayan.«

»Und was ist mit den Schwestern von Levent
und dem anderen Mädchen?«

»Jale«, sagte Merrie. »Die dürfen nicht. Ihre Eltern erlauben es nicht.«

»Na ja, verständlich«, sagte Sepp. »Sind ja auch wirklich noch zu jung für die Disco.«

»Wir sind auch nicht viel älter«, konterte ich.

»Aber immerhin ein Jahr«, sagte meine Mutter. »Außerdem sind türkische Eltern meist etwas strenger als deutsche.«

»Du aber nicht.«

»Ich bin eben eine ganz besonders tolle Mut... au!« Meine Mutter griff nach einer Stuhllehne zum Aufstützen und fasste sich mit der anderen Hand an den Bauch. Sepp sprang sofort zu ihr. »Was ist los? Ist was? Wo tut es weh?«

Meine Mutter schob ihn beiseite und richtete sich wieder auf. »Alles in Ordnung, der kleine Halunke hat nur gerade so fest getreten!«

Während sich Sepp um meine Mutter kümmerte, gingen wir raus in den Flur. Ken schloss sich sofort im Bad ein, damit wir ihn nicht beim Duschen störten, und uns blieb nur die Gästetoilette mit einem Minispiegel, vor dem Merrie und ich uns unmöglich schminken konnten.

»Freust du dich?«, fragte ich.

»Ja«, sagte Merrie. »Du nicht?«

»Doch klar. Ich meinte eigentlich, weil Levent nachher kommt.«

196

»Der ist mir nicht wichtig«, behauptete Merrie.

»Wer ist dir denn wichtig?«, bohrte ich neugierig. »Simon oder einer von den anderen Filmtypen?«

Doch Merrie ausfragen zu wollen, war ein sinnloses Unterfangen.

»Bleib du mal bei deinem Sayan, okay?«, sagte sie unwirsch. »Und mach dir um mich keine Gedanken.«

»Mann, war doch nicht böse gemeint!«, sagte ich und verzog mich in mein Zimmer. Wenn ich geglaubt hatte, dass es zwischen Merrie und mir nun etwas vertrauter zugehen würde, hatte ich mich wohl getäuscht.

Meine gute Laune kehrte jedoch sofort zurück, als ich den Schrank öffnete und das knappe Teil herausnahm, das ich heute anziehen würde. Auf den kreischgrünen Jumpsuit freute ich mich schon den ganzen Urlaub. Meine Mutter hatte ihn mir kurz vor dem Flug aus der Stadt mitgebracht, und obwohl sie sonst oft danebenlag, war das ein Volltreffer gewesen. Er hatte keine Träger, sondern ein gerafftes Bündchen an Dekolleté und Hüften. Jetzt, mit ein bisschen Bräune, würde es richtig gut aussehen. Ich öffnete den Verschluss meiner Kette und legte sie um.

Meine Mutter und Sepp waren von Sayans wertvollem Geschenk beeindruckt gewesen. Merrie hatte gesagt, dass sie sie in Silber viel schöner gefunden hätte, und Ken hatte gar nichts gesagt. Nur wieder gegrinst, als wollte er sich über Sayan lustig machen. Mir war das egal. Ich liebte meine Flügel. Ich war noch nicht ganz mit Schminken fertig, als Merrie klopfte.

»Hey Shetani, los!«

»Ja doch, gleich!«

»Mach hin«, drängelte sie. »Die warten schon.«

»Bleib locker«, sagte ich. »Ohne uns geht sowieso nichts.«

Ich schlüpfte in die Sandaletten meiner Mutter, deren Absatz so hoch war, dass ich gerade noch darin gehen konnte, ohne wie ein peinlicher Stokel daherzukommen. Langsam schritt ich auf Merrie zu. »Na?«

»Zu hoch«, urteilte Merrie, die ein blutrotes Zipfelkleid aus der Filmkollektion und ihre Ballerinas trug.

»Puh«, machte Ken, mit dem wir auf der Terrasse zusammentrafen. »Was für ein Aufwand für deinen neuen Stecher!?«

»Na, für dich garantiert nicht«, zischte ich zurück. »Außerdem ist das nicht *mein Stecher*!«

»Das habe ich gehört, Ken«, schimpfte Sepp aus

dem Wohnzimmer. »Benutze gefälligst vernünftige Worte, ja?«

»Freund dann eben«, grinste Ken abfällig. »Passt eh nicht zu dir.«

»Ach ja?«, entgegnete ich. »Wer passt denn zu mir?«

»Hä? Woher soll ich denn das wissen?«

»Och nee«, stöhnte Merrie, »können wir dann mal?«

Meine Mutter kam heraus. »Gebt bitte auf euch acht, ja?«, ermahnte sie uns. »Lasst euch nicht von Fremden einladen. Keine geöffneten Flaschen oder Drinks annehmen. Da kann sonst was drin sein. K.-o.-Tropfen …«

»Jaja, Anne«, unterbrach ich sie hastig. »Wir müssen jetzt echt los.«

»Viel Spaß!«

Sayan fielen fast die Augen aus dem Kopf, als er uns kommen sah. Also mich. Er lächelte von einem Ohr bis zum anderen, und mein Herz hüpfte ihm entgegen. Das war genau das, was ich beabsichtigt hatte. Er nahm mich in den Arm und gab mir einen Kuss auf die Wange. Levent wurde bei der Begrüßung mit Merrie rot, so rot wie ihr Kleid, und ich fand das sehr süß. Den hatte es erwischt. Merrie wirkte dagegen eher cool. Wie sie zu ihm stand, konnte ich noch nicht sagen. Ich hatte zwar das Gefühl, dass sie weniger zeigte, als sie empfand, aber bei Merrie konnte man nie genau wissen. Vielleicht lag jetzt auch jemand anderes vorn, zumal sie die vergangenen Tage mit ziemlich hübschen Jungs verbracht hatte und Levent nicht da gewesen war. Aufgeregt begrüßten wir Tamara, Amy und die anderen Darsteller. Pätrick glotzte Merrie an.

»Ey, voll krass, Schok … äh … äh …«

»Du Ärmster, kannst dir meinen Namen einfach nicht merken, was?«, schmeichelte Merrie. »Was hast du eigentlich für einen IQ, fünfzig?«

Tamara und Franz lachten, Pätrick zog sich beleidigt in einen der Wagen zurück, und auch wir stiegen ein. Die Sitze waren einander gegenüber angeordnet. Ich saß neben Sayan, Cavit neben Amy und Merrie gegenüber von Levent, Tamara mit Franz vorne. Ken passte nicht mehr rein, und ich sah, dass es ihn ärgerte, nicht in Amys Nähe sitzen zu können. Vielleicht auch, weil Cavit auf sie stand. Das war nicht zu übersehen. Ich schmunzelte. Ken würde toben, wenn er ihm heute Abend die Tour vermasseln würde. Und die Chancen standen nicht schlecht. Amy scherzte fröhlich mit Cavit, lehnte sich an ihn und legte ab und zu ihre Hand auf sein Bein, wenn sie ihm etwas auf Englisch sagte. Ich konnte mir zwar nicht vorstellen, dass er ihr Typ war, aber sie hatte Spaß daran, ihn zu provozieren.

Cavit brachte das völlig durcheinander. Er wirkte nicht nur verlegen, sondern sogar etwas überfordert. Besonders von ihrem tiefen Ausschnitt, an dem sein Blick immer wieder hängen blieb. Sayan hatte seinen Arm um mich gelegt, und ich fühlte mich wunderbar beschützt und geborgen. Merrie versuchte, nicht an Levents Beine zu stoßen, was bei der Länge ihrer und Levents Beine und der Enge des Wagens schwierig war. Er wiederum versuchte, Merrie so dezent wie möglich anzusehen. Als Franz die Anlage aufdrehte, kamen wir richtig in Stimmung, öffneten die Fenster und sangen die ganze Fahrt über mit.

Schon auf dem Parkareal wummerten uns die Bässe entgegen. Sayan gab mir beim Aussteigen die Hand, Levent gab sie Merrie, und Amy wurde von Cavit geholfen. Wir Mädchen kicherten, weil wir uns vorkamen wie Ladys aus dem letzten Jahrhundert. Dazu passte das Halikarnas perfekt. Es stand da wie ein Monument, ein modernes Amphitheater, mit weißen Torbögen auf riesigen Säulen, Treppen und Balkonen, auf denen sich Tanzende tummelten. Eine Lasershow schoss bunte Lichtstreifen in den Himmel, und in meinem Magen kribbelten Millionen von Ameisen.

Hinter uns fuhren die anderen Wagen ein, alle sprangen heraus. Ken lachte mit einem Mädchen und schielte gleichzeitig zu Amy und Cavit hinüber. Auch mich und Sayan bedachte er mit einem seltsamen Blick. So, als wäre er sauer auf mich. Wenn ich nicht gewusst hätte, dass ich ihm gleichgültig war, hätte ich das gedacht. Aber selbst wenn, an einem Abend wie diesem konnte mir das nun wirklich schnuppe sein. Im großen Pulk schlenderten wir zum Eingang. Amy, die vorne ging, drehte sich um und tat so, als würde sie irgendetwas hinter uns suchen. Doch ich merkte, dass sie nur prüfen wollte, ob Ken sie ansah. Und er sah sie an. Tamara versammelte uns um sich und erklärte ihre Partybedingungen. Keine harten Drinks, kein Alkohol für die unter Achtzehnjährigen und keine Alleingänge an den Strand und so weiter. Ihre Liste war lang und wir ungeduldig. Nachdem sie den Eintritt bezahlt hatte, drängten wir endlich hinein. Ein Mann im Smoking führte uns über eine beleuchtete Freitreppe, an einer Terrasse mit Tanzenden vorbei, zu einem riesigen Tisch, auf dem bereits Nüsse, Salzstangen und Chips standen. Franz setzte sich mit Pätrick und zwei anderen vom Team an die Bar, so dass der Rest Platz am Tisch fand. Tamara blieb bei uns. Ich sah mich staunend um. Mein erstes Mal in einem Club hatte ich mir weniger pompös vorgestellt. Das Halikarnas war die größte Open-Air-Disco Europas und direkt am Meer gelegen. Selbst meine Großeltern waren schon einmal hier gewesen, weil Anneanne zu gern die Filmstars sehen wollte, für die der Laden berühmt war. Haushohe Palmen flankierten die weißen Balkone mit ihren antik wirkenden Balustraden. Mehrere Videoleinwände feuerten bunte psychedelische Muster ab, die der Lasershow Konkurrenz machten. Auf einer Bühne gegenüber unserem Tisch tanzten drei braungebrannte Blondinen im Bikinitop und Tüchern, die wohl als Rock gedacht waren, aber mehr zeigten als verdeckten. Die Jungs stießen sich feixend an, machten Sprüche auf Englisch, Türkisch und Deutsch und wurden richtig hibbelig. Ken starrte auf ihre hohen schwarzen Lackstiefel und die Metallplättchen an den Tüchern, die den Mädchen bei jeder Bewegung um die blanken Hüften klingelten. Selbst Sayan wagte einen Blick, lächelte dann aber gleich wieder mir zu. Und auf der Tanzfläche schräg unter uns war die Hölle los. Das mussten Hunderte sein, obwohl es noch recht früh am Abend war. Sayan hatte gesagt, dass der Laden immer erst in der Nacht voll wurde.

Ein Mann in weißem Hemd und weißer Hose kam zu uns an den Tisch und nahm die Bestellung auf. Er war es auch, der uns erzählte, dass ein russischer Unternehmer hier Geburtstag feierte und nicht nur seine Freunde, sondern halb Bodrum dazu eingeladen hatte. Als die Getränke kamen, gesellte sich Tamara zu ihren Kollegen an die Bar, und wir blieben unter uns.

»Ich will jetzt tanzen.« Amy stand auf und sah sich in der Runde um. »Wer kommt mit?«

Keiner meldete sich. Wir brauchten alle noch eine Weile, um warm zu werden. Amy nicht. Sie fixierte Ken, aber der richtete seine Aufmerksamkeit auf die Bühne.

»Hey du«, rief sie ihm zu. »Du bist doch Ken, oder? Tanzt du auch mal mit Barbie?« Dabei strich sie ihre langen Haare von hinten nach vorn und straffte ihren Rücken. Simon schüttelte den Kopf, eins der Mädchen flüsterte ihrer Nachbarin etwas zu.

Selbst wenn er sie vorher gut gefunden haben mochte, war ich mir sicher, dass sich Amy damit ein sauberes Eigentor verpasst hatte. Und so war es. Ken sah sie von oben bis unten an und sagte: »Tut mir leid, ich steh nicht auf Barbies.« Das saß. So eine Abfuhr hätte ich nicht überlebt, nicht von Ken. Zumindest nicht früher. Abgesehen davon, dass ich ihn nie mit der blöden Gummipuppe in Verbindung gebracht hätte, darauf wäre ich nie gekommen. Amy schon. Sie belohnte ihn mit einem falschen Lachen und sprang, ohne sich noch einmal umzusehen, die Treppe hinab zur Tanzfläche, um sich ins Gewühl zu stürzen. Ich reckte den Hals und sah gerade noch, wie sie sich hinternwackelnd eine Schneise durch die Tanzenden bahnte.

»Was war denn da los?«, fragte mich Sayan und grinste, als ich es ihm erklärte. Eine Weile schwiegen wir, saugten an den Trinkhalmen unserer Fruchtcocktails und ließen uns von der Musik bedröhnen.

»Cooler Laden«, rief eins der dunkelhaarigen Mädchen. »Hammer Musi.«

»Stimmt«, nickte der Junge neben ihr und griff in die Chips. »Aber schon ziemlich schickimicki, oder?«

»Ja, das finde ich auch«, sagte Patra. »Ich mag es lieber einfacher.«

»Trotzdem«, sagte Simon. »Das muss man mal gesehen haben, das Ding hier.«

Cavit saß etwas unglücklich zwischen Merrie und mir. Sie unterhielt sich mit Levent, und obwohl er mir leidtat, wollte ich mich auch eher mit Sayan beschäftigen, als Cavit die Gespräche übersetzen. Patra bemerkte es und schlug vor, Englisch zu sprechen. Doch für die nächste Show brauchte es keine weitere Erklärung. Aus dem Nichts waberte dichter Nebel auf die Bühne, in dem nach und nach Tänzer und Tänzerinnen sichtbar wurden, wieder in sehr knapper Bekleidung. Die Jungs trugen nur zerfetzte Shorts und Sneaker, die Mädchen ultrakurze Hotpants, glitzernde Tops und Plateaustiefel. Jeder Tänzer wurde von einem farbigen Spot angestrahlt, so dass das Bühnenbild aus bunten Flecken bestand. Manche waren so grell, dass ich Mühe hatte, die Tänzer zu sehen. Als sich das Lied dem Ende neigte, sprangen alle von der Bühne, liefen zu den Tischen, und bevor wir »nein« sagen konnten, befanden wir uns schon auf der Bühne und tanzten mit ihnen. Unter dem begeisterten Applaus der anderen Gäste. Der Tänzer, der mich vom Stuhl gerissen hatte, war groß, blond und hatte ein Schwimmerkreuz wie Neo. Für den Bruchteil einer Sekunde fragte ich mich, was er jetzt wohl machte, während ich mit zig fremden Leuten auf einer Bühne steppte. Ob er mit May zusammen war? Ich löste mich von der Hand des Jungen und machte allein weiter. Unsere Street-Dance-Choreographie von Frau Meisner hatte einige Figuren und Schritte, die ich besser ohne Partner konnte. Merrie tanzte erst mit Levent, doch als er sich zu unbeholfen anstellte, schnappte sie sich einen der professionellen Tänzer und wirbelte mit ihm über die Bühne. Auch Levent tat mir plötzlich leid, weil er keine Ahnung hatte, in wen er da verliebt war. Merrie hatte ein Temperament, mit dem es nur wenige aufnehmen konnten, und ob er dazu gehörte, würde sich erst zeigen.

Sayan drängte in mein Blickfeld, lächelnd strebte er von dem Mädchen, das gern mit ihm weitergetanzt hätte, zu mir. Er konnte sich gut bewegen, und nachdem ich ihn ein bisschen geführt hatte, machte es uns richtig Spaß miteinander.

Erhitzt liefen wir zurück zu unserem Platz, bestellten noch etwas zu trinken und warteten, bis die anderen vom Tanzen kamen. Ken hatte sich bisher nicht gerührt. Er saß da wie eine Säule und schien sich zu langweilen.

Amy war abgetaucht. Ich hatte sie nur einmal in der Menge entdeckt, im Arm eines älteren Typen. Und auch Pätrick hatte ich dort gesehen. Mit einem Drink in der Hand tänzelte er an eine dunkle Schönheit heran. Tamara kam an unseren Tisch und fragte auf Englisch, ob alles in Ordnung sei und ob wir uns amüsierten. Wir nickten. Merrie wurde von ihrem Tänzer mit großer Geste zu ihrem Stuhl begleitet. Er klatschte für sie, und Merrie nahm es mit einem charmanten Lächeln an. Levent grinste schief. Dafür hatte Cavit anscheinend Anschluss gefunden. Er setzte sich mit einem türkischen Mädchen an den Tisch, das etwa in unserem Alter war, und unterhielt sich angeregt mit ihr.

Tamara wurde von ihrem Kollegen aufgefordert

und verschwand ebenso wie Amy auf der unteren Tanzfläche. Dafür erschien auf einmal Pätrick, der sichtlich getankt hatte. Er lallte und torkelte zwar nicht, aber was nun kam, war nicht angenehmer.

»Ich kenn dich«, sagte er, mit dem Zeigefinger so kurz vor meinem Nasenloch, dass ich zurückwich. »Du bist die süße Brosche, die neben mir im Flugzeug saß. Hab's nich vergessen, nee, nee, nee!« Dabei zwinkerte er mir zu. Ich zuckte nur die Schultern, ohne darauf einzugehen.

»Ey«, maulte er ärgerlich. »Redest nich mit jedem, was?«

Sayan sah mich an, ich machte eine wegwerfende Handbewegung.

»Bist wohl was Besseres, hä?« Sayan stand auf, und Pätrick merkte, dass es mit mir keinen Sinn hatte. »Na, dann eben nich.«

Er ließ seine trüben Augen über unseren Tisch schweifen und blieb an Merrie hängen.

»Aahh, Cherrie«, säuselte er. »Du Allerschönste, du gibst mir noch 'ne Chance, ja?«

Merrie gab ihm nichts als ihren herrlichen Killerblick.

»Cherrie, du machst mich völlig Karussell«, lamentierte Pätrick. »Bitte! Der Typie da ist doch nichts für dich.«

»Verzieh dich endlich«, fauchte sie eisig.

»Rrrrrrr«, knurrte er hingerissen. »Ich mag das, wenn du so störrisch bist, du kleine Wildkatze!«

»Wenn du nicht sofort deine dumme Fresse hältst, mache *ich* dich gleich Karussell«, sagte Ken ruhig, ohne sich einen Millimeter zu bewegen. »Aber mit Überschlag.«

Gegen meinen Willen musste ich lachen.

»Ey, wie seid ihr denn drauf?!«, jammerte Pätrick beleidigt. »War doch nur Spaß, ey!«

Doch Kens Worte hatten ihre Wirkung nicht verfehlt. Pätrick trollte sich und knabberte kurz darauf einer Touristin am Ohr.

Die Musik wechselte zu einem langsamen türkischen Stück.

»Wollen wir?«, fragte Sayan. »Das Lied mag ich.«

Schaum zischte auf die Tanzfläche, weißer Schaum, der erst unsere Füße, dann unsere Waden erreichte. Sayan zog mich behutsam an sich, ich legte meinen Kopf an seine Schulter, schloss die Augen, und wir schwebten durch den warmen Schnee über die Bühne. Er hatte unserem Tisch halb den Rücken zugekehrt. Als ich die Augen öffnete, sah ich Ken. Und er mich. Dunkel und ernst. Dieser Blick ging mir durch und durch. Es war genauso wie damals in der Straßenbahn, als er mit Rouven vom Taggen gekommen war. Ein Blick ohne rechts und links, mitten durch die Menge, mitten durch alles, was bisher geschehen war, mitten in mein Herz.

15
Liebe um Mitternacht

Ich hatte einfach weitergetanzt. Mir nichts anmerken lassen. Sayan nichts gesagt. Natürlich nicht. Was hätte ich sagen sollen? Es hatte weder etwas mit ihm zu tun, noch war irgendwas geschehen. Es war nur ein Blick gewesen. Ein »Bumm-Tot-Blick«, aber trotzdem nur eine Hundertstel Sekunde in der Unendlichkeit. Immer wieder griff ich nach den kleinen Flügeln, in der Hoffnung, dass sie mir etwas sagen würden, dass sie mir Klarheit verschaffen oder mich etwas fühlen lassen würden. Doch die kleinen Dinger hingen einfach nur da. An meinem Hals. Wie zuvor. Nichts, nichts, nichts hatte sich verändert! Alles war genauso wie vorher. Alles! Keine besonderen Vorkommnisse.

Ken war den ganzen Abend nicht einmal aufgestanden, während wir anderen viel getanzt hatten. Er hatte uns beobachtet und kaum noch ein Wort gesagt, bis Tamara uns einsammelte und zum Aufbruch drängte. Amy war angetrunken, obwohl sie schwor, keinen Schluck Alkohol zu sich genommen zu haben. Ihr Kopf fiel auf Levents Schoß, und sie schlief ein, bevor wir losfuhren. Merrie nahm es gelassen hin, schließlich lag Levents Arm über ihrer Schulter. Pätrick wurde rasch in ein Taxi verfrachtet. Tamara hatte ihn wohl unbemerkt wegschaffen wollen, doch er grölte so laut, dass sein Zustand nicht mehr zu verheimlichen war. Cavit fuhr diesmal im Lieferwagen mit, und seinen Platz nahm Ken ein. Wie selbstverständlich setzte er sich mir gegenüber und betrachtete mich, bis Sayan einstieg. Ich dachte daran, wie oft ich mir das gewünscht hatte, wie sehr ich mich nach seinem Interesse gesehnt hatte, wie wichtig es mir gewesen war, von ihm wahrgenommen zu werden. Und jetzt, wo ich mich in seinen schwarzen Augen spiegeln konnte, war es mir egal. Ich spürte dem nach. Und ja, es war mir egal. Er hätte genauso gut sein Handy anstarren können, es bedeutete mir nichts mehr. Ich war frei. Ken sah mich an. Na und? Er konnte mich ansehen so oft und so viel er wollte. Nie wieder würde ich mich von ihm derart verunsichern lassen. Es war vorbei.

Ich schob meine Hand in die von Sayan, er drückte sie und lächelte, dann lehnte ich mich an ihn und schloss die Augen. Sollte Ken doch gucken!

Das Filmteam reiste ab, und die nächsten Tage rauschten nur so über uns hinweg. In einem Tempo, das mich wehmütig machte. Es ging alles viel zu schnell. Sayan und mir blieb kaum noch Zeit. Wir hatten nur noch einen Tag. Am Abend würde ihn sein Onkel zum Flughafen bringen, und Sayan würde aus meinem Leben verschwinden.

Merrie war auch traurig, dass ihre neuen Freunde Bodrum nach den aufregenden Dreharbeiten Richtung Deutschland verlassen hatten. Und mit Levent würde sie nur noch einen Abend haben, denn am Wochenende, wenn er kam, ging unser Flug nach Hause. Doch Merrie sprach nicht darüber, sie zog sich meist allein irgendwohin zurück.

Ken hatte sich mit ein paar türkischen Jungs aus dem Ort angefreundet, mit denen er abends am Strand Fußball spielte.

Er war erstaunlich rücksichtsvoll und freundlich geworden. Machte keine Sprüche mehr, ärgerte mich nicht. Das fiel auch meiner Mutter und Sepp auf. Meine Mutter fragte mich sogar, ob sich Ken vielleicht in mich verliebt hätte! Ich glaubte das nicht, stritt es ab, wollte davon nichts wissen, es ging mich nichts mehr an.

Einen Nachmittag fuhren meine Mutter und ich gemeinsam zu meinen Großeltern, die uns zum Essen eingeladen hatten. Ich hatte überhaupt keine Lust dazu, doch meine Mutter sagte, dass es wichtig sei, die Dinge zu bereinigen, solange noch Zeit dafür war. Und sie hatte recht. Es war gut. Anne-anne hatte ihre starre Haltung aufgegeben und nun ein sehr schlechtes Gewissen. Besonders mir gegenüber. Ob Dede für ihren Sinneswandel gesorgt hatte, konnte ich nicht sagen, aber das war auch unwichtig. Anneanne entschuldigte sich bei mir und versprach, mich nicht wieder mit diesen Dingen zu behelligen, obwohl sie auch betonte, dass ja nichts Schlimmes geschehen sei. Sie versicherte, dass sie uns niemals hatte schaden wollen, sondern im Gegenteil, immer nur unser Glück im Auge gehabt habe. Ich wusste, dass Anneanne auch weiterhin ihre Zaubersprüche und magischen Rituale vollziehen würde, sie waren viel zu sehr in ihr verankert, als dass sie sie nach ein bisschen gutem Zureden aufgeben würde. Zumindest würde sie jedoch meine Mutter und mich damit in Frieden lassen. Das genügte mir. Und nachdem das besprochen war, hatten wir ein paar schöne Stunden zusammen.

Sayan und ich verbrachten seinen letzten Tag mit einem langen Spaziergang am Strand. Er war schweigsamer als sonst, und auch ich blieb still.

Er war mir näher gekommen, als jeder andere Junge zuvor, doch wirklich passiert war nichts. Wir hatten uns nicht einmal geküsst. Ich wusste nicht, ob ich enttäuscht oder dankbar sein sollte, denn Sayan hatte gesagt, ich sei noch so jung, er könne das nicht einfach so tun. Außerdem würde er mich zu sehr vermissen, wenn das auch noch wäre. Es sei für ihn ohnehin schon schwierig genug. Auch wenn mir das mit dem »so jung« nicht passte, der Rest gefiel mir.

»Hattest du schon mal eine Freundin?«, fragte ich ihn.

»Nicht richtig«, sagte er. »Ich mochte mal ein Mädchen aus unserer Schule, aber sie hat sich für meinen Freund Yakub entschieden.«

»Wie heißt sie?«, wollte ich wissen.

»Sema.«

»Schöner Name.«

»Ja«, sagte er. »Sie ist auch ein schönes Mädchen, aber …«

Er blieb stehen und sah mich an. »Nicht so schön wie du.«

Eine Böe wirbelte meine Haare auf und ließ sie kreuz und quer um meinen Kopf fliegen. Liebevoll strich Sayan sie mir aus dem Gesicht. »Wie soll ich dich bloß vergessen?«, flüsterte er.

»Warum solltest du das?«, sagte ich.

»Weil wir uns wahrscheinlich nicht mehr sehen werden.«

»Ach, Unsinn!«, entgegnete ich. »Ich komme auf jeden Fall wieder. Ich frage meine Großeltern, ob sie das Haus kaufen, ich beschwatze meine Mutter, ich ...«

»Jannah.«

»Was?«

»Überleg doch mal. Du bist fünfzehn, ich fast achtzehn«, sagte er. »Du lebst in Deutschland, ich in Istanbul. Bis du wiederkommen kannst, vergeht sicher sehr viel Zeit.«

»Dann kommst du eben zu mir«, rief ich trotzig.

»Bis ich nach Deutschland kommen kann, hast du längst einen anderen.«

»So ein Quatsch«, entrüstete ich mich und merkte, dass ich eher mich selbst überzeugen wollte. »Ich will dich richtig kennenlernen, ich will ...«

»Was willst du, kleine Jannah?« Unter seinem forschenden Blick bröselte meine Gewissheit wie trockener Napfkuchen.

»Ich weiß es nicht«, sagte ich leise.

»Nicht schlimm«, sagte er ebenso leise. »Gar nicht schlimm.«

Und dann lächelte er so ehrlich, so freundlich und offen, dass es mir das Herz zusammenzog.

»Vielleicht«, sagte er und tippte die Flügel an, »vielleicht bringen sie dich irgendwann ja doch zu mir zurück?«

Ich hatte mir geschworen, nicht zu weinen. Das schaffte ich auch bis zu meiner Schwelle. Als die ersten Tränen rollten, schloss ich eilig die Tür und warf mich aufs Bett. So hatte ich mir den Abschied von Sayan nicht vorgestellt. Ich hatte gedacht, wir würden uns fröhlich und zuversichtlich voneinander trennen, mit dem festen Versprechen, uns bei nächster Gelegenheit wiederzutreffen. Nicht so aussichtslos, so endgültig. Ich wollte mich mit Musik ablenken, doch alles, was auf meinem iPod war, nervte mich, weil es nach Ken klang. Für Sayan hatte ich keine Musik. Nicht mal ein klares Bild. Nur ein Rot. Ein starkes und schönes, aber eben nur ein Rot. Wir hatten uns schon am Strand voneinander verabschiedet. Ich wollte es nicht noch mehr in die Länge ziehen, ich wollte nicht sehen, wie er wegfuhr, wie er mir vielleicht nachsah und winkte. Auch Sayan schien froh darüber zu sein. Ich merkte ihm an, dass er sich nicht mehr ganz so sicher war, ob er mit seiner Zurückhaltung richtig gehandelt hatte, ob er nicht doch ein bisschen mehr hätte wagen sollen, mit mir, der »kleinen Jannah«.

Ich umfasste meine goldenen Schwingen und schlief erschöpft ein.

Es war weit nach Mitternacht, als ein ohrenbetäubender Lärm die Stille zerriss. In meinem schlaftrunkenen Zustand dachte ich zuerst an ein

Unwetter, einen Wirbelsturm oder einen Hubschrauber, aber es war etwas anderes. Das Geräusch erstarb, und irgendwie wusste ich, dass es im nächsten Augenblick klingeln würde. Ich fuhr trotzdem zusammen, als es dann tatsächlich klingelte. Wer um Himmels willen kam mitten in der Nacht mit so einem Getöse zu uns?

»Wie, ihr schlaft schon?«, rief eine raue Frauenstimme, die mir in ihrem dunkelroten und kantigen Ton bekannt vorkam. »Ist doch nicht mal ein Uhr?!«

Aber das konnte nicht sein. Oder?

Neugierig stieg ich aus dem Bett, zog mir eine Strickjacke über und öffnete die Tür einen Spalt breit. Als diese dabei quietschte, drehte sich Ally zu mir um. »Janni!«

Überrascht riss ich die Tür ganz auf und lief auf meine Oma zu. »Ally, was machst du denn hier?«

»Hey, junge Frau!« Ally drückte mich fest an sich. »Haben sie dich Ärmste schon wieder mit Wachstumshormonen vollgestopft?« Sie zwinkerte mir zu.

»Nein«, lachte ich. Ally sah wieder ganz anders aus als bei unserer letzten Begegnung. Sie war wandlungsfähig wie ein Chamäleon. Dieses Mal wirkte sie mit ihrer schlichten Jeans, der Lederjacke und hellen Sportschuhen geradezu klassisch. Ihre weißen Haare trug sie halblang, und das überall gleich, in der Länge wie auch in der Farbe, was bei meiner Oma durchaus nicht selbstverständlich war. Auch der Tunnel war verschwunden, stattdessen hatte sie nun eine kreuzförmige Narbe da, wo man das Ohrläppchen wieder zusammengenäht hatte. Nur ihre Ornamente am Hals waren noch da. Verwundert betrachtete ich meine Oma. Die einzige Erklärung, die ich für ihre Verwandlung fand, wäre ein neuer Mann gewesen. Und der schob sich gerade durch die angelehnte Haustür. Professor Pfister?

Ich traute meinen Augen nicht. Da stand Professor Pfister! Aus unserem Haus. Magnolienweg. Hannover. Auch meine Mutter starrte ihn ungläubig an, als er ihr zum Gruß die Hand gab.

»Ihr kennt euch ja bereits«, grinste Ally, »ich muss euch nicht vorstellen, oder?«

»Hallo Frau Kismet, hallo Jannah«, lächelte er entschuldigend. »Ich hoffe, wir kommen nicht allzu ungelegen.«

»Ach was, das sind sie von mir gewohnt«, sagte Ally und wandte sich an uns. »Da guckt ihr, was? Wolfgang und ich machen eine Rundreise durch die Türkei, ganz spontan.«

»Etwas anderes hätte ich jetzt auch nicht von dir erwartet«, schmunzelte meine Mutter. »Tja, dann kommt erst mal rein.«

Ich machte einen Tee, während sich Ally, der Professor und meine Mutter gegenüber aufs Sofa setzten. Sepp, Ken und Merrie schliefen wohl; keiner von den dreien ließ sich blicken.

»Erzähl mal«, sagte meine Mutter zu Ally. »Wie seid ihr hergekommen, und wie habt ihr uns gefunden?«

»Also, eigentlich wollten wir eine Fahrt durch Italien machen«, begann meine Oma. »Die Toskana ist um diese Jahreszeit wirklich schön, doch dann ...« Sie sah den Professor an, der sich etwas unbehaglich zu fühlen schien.

»Dann verfuhren wir uns und landeten an einem Hafen, an dem eine Fähre ankerte. Wir fragten nach ihrem Ziel, und jetzt sind wir hier.«

»Du bist völlig verrückt!«, lachte meine Mutter. »Woher wusstest du denn, dass wir in Bodrum sind? Und vor allem, wo?«

»Mein Sohn, dein Exmann ist besser informiert, als du denkst«, sagte Ally. »Dass ihr in die Türkei geflogen seid, weiß ich von ihm. Die genaue Adresse habe ich zwar nicht in Erfahrung bringen können, aber den Ort und die Anlage, weil Gero nämlich Jannahs Freundin angerufen hat, als wir auf dem Schiff waren. Sie wusste gut Bescheid.« Ich nickte. Natürlich hatte ich Lou beschrieben, wo wir Urlaub machten. »Der Rest war ein Kinderspiel«, fuhr Ally fort. »Ein wenig herumfahren und nach irgendetwas Vertrautem gucken, das ist alles.«

»Und was hat dich nun auf unsere Spur gebracht?«

»Dein süßer Stiefsohn.«

»Ken?«

»Ja«, sagte Ally. »Er stand oben auf dem Dach, an diesem gigantischen Blütenbaum.«

Also war Ken doch wach. Klar, der Lärm der Motorräder musste ihn ja geweckt haben. Ich schenkte Ally und dem Professor Tee ein und reichte ihnen die Zuckerdose, doch meine Oma winkte ab. »Das Zeug macht dick und doof.«

Meine Mutter nahm wie immer drei Löffel Zucker, ohne sich um Allys Meinung zu scheren. »Und wie kommt es, dass ihr jetzt gemeinsam unterwegs seid?«

»Wir sind zusammen«, sagte Ally. »So einfach ist das.«

Der Professor verschluckte sich an seinem Tee und wurde puterrot. Ally klopfte ihm auf die Schulter. »Alles in Ordnung, Wolfgang?«

Er schnappte nach Luft und hustete. Der Professor tat mir richtig leid. Rasch nahm ihm meine Mutter die Tasse aus der Hand, er sprang auf, und ich zeigte instinktiv Richtung Badezimmer, wo er augenblicklich verschwand. Durch die dünnen Wände hörte wir ihn auch da noch husten.

»Ally, Ally«, sagte meine Mutter kopfschüttelnd. »Was machst du bloß für Sachen?«

»Wieso ich?«, grinste Ally. »Er hat sich doch verschluckt!«

»Aber der ist doch gar nicht dein Typ«, wisperte ich.

»Du hast vollkommen recht, Jannah«, wisperte meine Oma zurück. »Er ist eigentlich auch viel zu alt für mich!«

»Na, hör mal!«, fuhr meine Mutter dazwischen. »Der Professor ist mindestens zehn Jahre jünger als du.«

»Sag ich doch!« Ally lächelte verschlagen. »Zu alt.«

»Da komme ich nicht mehr mit«, seufzte meine Mutter. »Du bist einfach zu durchgeknallt.«

»Aber wisst ihr was?«

»Nein, Ally.«

»Er spielt so göttlich Trompete, dass ich mich fühle wie ein Engel im Himmel, obwohl ich an diesen ganzen Quatsch überhaupt nicht glaube.«

Ich musste sofort an *Stille Nacht, heilige Nacht* denken und was sein Lied am Weihnachtsabend bei mir ausgelöst hatte.

»Wenn er mir etwas vorspielt, schmelze ich dahin, dann wird alles andere unwichtig. Mit seiner Trompete ist er wahnsinnig sexy.«

»Ally«, mahnte meine Mutter mit einem Seitenblick auf mich. »Bitte!«

»Was denn?«, fragte Ally. »Meinst du, Jannah weiß nicht, was das ist?« Meine Mutter konnte Ally gerade noch vorwurfsvoll anfunkeln, da kam der Professor aus dem Bad zurück.

»Sollten wir nicht langsam fahren, Ally? Deine Verwandten möchten sicher endlich wieder ins Bett.«

»Wo wollt ihr denn jetzt noch hin?«, fragte meine Mutter.

»Ja, weiß ich auch nicht«, sagte Ally.

»Ich dachte, wir suchen uns in Bodrum ein Hotel für den Rest der Nacht«, sagte der Professor, doch Ally murrte unwillig. »Mir tut vom Fahren noch so der Hintern weh. Ich brauche mal eine Pause.«

»Wollt ihr nicht hier übernachten?«, fragte meine Mutter. »Es ist nur ein Wohnzimmer, kein Hotel, aber ihr müsstet nicht mehr fahren.«

»Ja, das wollen wir«, sagte Ally. »Nicht wahr, Wolfgang?«

»Aber nur, wenn es euch keine große Mühe macht«, sagte der Professor. Jetzt duzte er meine Mutter. »Ich möchte mich nicht aufdrängen.«

»Aber nein!« Meine Mutter winkte ab, und wir

liefen los, um Bettwäsche und Decken zu holen, während Ally und der Professor das Sofa auszogen. Es war drei Uhr, als ich wieder im Bett lag. Hellwach. Weil Sayan mir eine SMS geschickt hatte, er liege im Bett und könne nicht schlafen. Seine Gedanken wären die ganze Zeit bei mir. Manche Worte musste ich beim Lesen laut aussprechen, um sie zu verstehen, weil ich nie Türkisch Lesen und Schreiben gelernt hatte. Immer nur gehört und gesprochen.

Ich schrieb ihm zurück, dass auch ich nicht schlafen würde, weil wir Besuch bekommen hätten. Und ich schrieb, dass es schön gewesen wäre, diese Tage auch noch mit ihm zusammen zu verbringen. Alles natürlich in völlig falschem Türkisch, ich hoffte, dass er es trotzdem verstehen würde. Und er schrieb, puh, ich atmete tief durch, Ben seni seviyorum.

16
Pippi in der Watteburg

Beim Frühstück mussten wir anbauen, weil Dede und Anneanne vor der Tür standen. Der Tisch auf der Terrasse reichte nicht für neun Personen, und wir nahmen den aus der Küche dazu. Türkisch, Deutsch, Englisch durcheinanderschwatzend deckten wir gemeinsam die Tafel, und ich fand meine internationale Familie mal wieder richtig klasse. Obwohl mir nicht entging, mit welchem Blick Anneanne Ally ansah. Ich wusste genau, dass sie für so eine Aufmachung überhaupt kein Verständnis hatte und schon gar nicht in ihrem Alter. Zwischen den beiden lagen Welten, auch wenn sie etwa gleichaltrig waren. Ally wirkte viel jünger und unbeschwerter, wie eine faltige Pippi Langstrumpf. Anneanne war eine abergläubische Dame der feinen türkischen Gesellschaft, die wertvollen Schmuck trug, gern Poker und Roulette spielte und Dede seit Jahren zu einer Kreuzfahrt in die Karibik überreden wollte. Ihre sämtlichen Zauberrituale hatten schon versagt. Dede war einfach immun dagegen.

Unsere bunte Mischung am Tisch bot jedenfalls

einige spannende Kontraste, nicht nur von den Hautfarben. Da wunderte es mich gar nicht, dass die drei Tanten plötzlich Arm in Arm, mit sehr langen Hälsen und sehr langsamen Schritten an unserem Haus vorbeigingen. Meine Mutter, Dede und Anneanne schenkten ihnen einen kurzen Gruß.

»Was kann man sich denn in der Nähe Schönes ansehen?«, fragte der Professor meinen Großvater auf Englisch. »Wir würden gern ein paar Besichtigungen machen.«

Dede strahlte und begann sein umfangreiches Repertoire abzuspulen. Als er bei den Kalksinterterrassen von Pamukkale angekommen war, rief Ally: »O ja! Da wollte ich schon immer mal hin, das ist großartig!«

»Wie weit ist das denn von hier?«, wollte der Professor wissen.

»Etwa dreihundert Kilometer«, sagte Dede. »Und die Straße ist gut ausgebaut, so dass Sie mit dem Motorrad sicher schnell dort sind.«

»Na dann«, nickte der Professor Ally zu, »machen wir das, oder?«

»Ja«, freute sich meine Oma. »Gleich nach dem Frühstück?«

»Also, in Sachen Spontanität bist du nicht zu toppen!«, lachte meine Mutter bewundernd. »Wie machst du das?«

»Ich weiß einfach, was mir guttut«, sagte Ally. »Das ist das ganze Geheimnis. Ich verlasse mich nur auf mein Gefühl.«

Bei Gelegenheit musste ich Ally unbedingt fragen, ob auch sie Namen und Worte mit Farben verband. Vielleicht hatte ich das ja von ihr geerbt?

»Was heißt eigentlich Pamukkale auf Deutsch?«, fragte der Professor Dede.

»Watteburg«, antwortete Dede. »Pamuk ist das Wort für Watte oder Baumwolle, Kale heißt *Burg*.«

»Eine Burg aus Watte«, sinnierte Ally. »Das klingt schön.«

»Sie werden die Fahrt nicht bereuen«, lächelte Dede. »Es ist einmalig!«

Anneanne hatte Ally eine Weile verstohlen angestarrt. »Tut das nicht entsetzlich weh«, fragte sie Ally, »diese, diese Stiche in den Hals?«

»Doch«, antwortete Ally auf Englisch und strich mit den Fingern über ihre Tätowierung. »Sehr sogar, aber ich wollte sie unbedingt haben und nahm das in Kauf. Heute würde ich es wahrscheinlich nicht mehr machen, zumal irgendwann die Haut alt wird.«

Als wenn sie davon angesteckt werden könnte, wich Anneanne etwas zurück. Trotzdem zogen die dunklen Ornamente ihren Blick immer wieder an.

Sie beobachtete Ally wie ein seltenes Tier im Zoo, vom anderen Ende der Welt.

Ally war das gewohnt. Auch dass Dede fragte, ob sie in ihrem Alter wirklich noch Motorrad fahren würde, brachte sie nicht aus der Fassung.

»Ja, natürlich«, lächelte sie. »Ich liebe es.«

Ken hatte bisher außer einem gebrummelten Morgengruß noch nicht viel gesagt, aber immer wieder zu mir herübergeschielt, wenn ich Türkisch sprach. Merrie saß ebenso schweigsam zwischen uns. Als es an der Tür klingelte, bat Sepp sie aufzumachen, und Merrie kam mit einem mühsam unterdrückten Strahlen und Levent im Schlepptau zurück an den Tisch. Er gab allen die Hand und fragte Sepp, ob er mit Merrie etwas unternehmen dürfe.

»Wo wollt ihr denn hin?«, fragte ihn Sepp zurück. »Und was ist mit deiner Schule?« Levent zuckte die Schultern.

»Er schwänzt die zwei Tage bis zum Wochenende für mich«, sagte Merrie auf Deutsch zu ihrem Vater. »Bitte, Paps!«

»Wenn das Ärger mit deinen Eltern gibt, musst du das aber selbst regeln«, sagte Sepp zu Levent. »Ist noch jemand aus deiner Verwandtschaft hier?«

»Nein«, antwortete Levent. »Aber ich habe den Hausschlüssel und komme gut zurecht.«

»Du kannst ja auch bei uns essen«, bot meine Mutter an. »Die zwei Tage.«

»Na, dann melde dich kurz bei deinen Eltern, damit sie wissen, wo du bist«, sagte Sepp, »und sich keine Sorgen machen.«

»Das werde ich«, lächelte Levent. »Danke.«

»Und Merrie?«

»Ja?«

»Komm bitte zwischendurch mal nach Hause. Nicht rund um die Uhr weg sein, okay?«

»Na klar«, sagte Merrie. »Wir wollen nur in die Stadt und so.« Hand in Hand gingen die beiden davon.

»Das ist doch zu niedlich«, flüsterte Ally meiner Mutter zu. »Er holt sein Mädchen ab …«

Sepp wandte sich an Ken. »Und du?«, fragte er. »Willst du nicht auch noch etwas unternehmen?«

»Was denn?«

»Du kommst mit nach Pamukkale«, sagte Ally. »Und Jannah auch. Dann haben Suzan und Sebastian mal ein wenig Zeit für sich allein und ihr kriegt noch was geboten.« Verblüfft sahen wir uns an.

»Super Idee«, rief Sepp, und auch meiner Mutter schien der Gedanke zu gefallen. Doch Ken wehrte verlegen ab.

»Nee, danke.«

Ich schüttelte den Kopf. Warum sollte ich mit

Ken irgendwohin? Wozu? Das brauchte ich nicht. Wirklich nicht.

»Ach, kommt schon«, drängte Ally. »Mit uns wird's lustig, glaubt mir. Besser als am Strand gammeln, braun seid ihr ja schon.«

»Ich könnte tatsächlich etwas Verstärkung gebrauchen«, schaltete sich nun auch der Professor ein. »Als Gegenpol zu meiner energischen Ally.« Die beiden lächelten sich verliebt an. Dede fragte, um was es denn ginge, und als meine Mutter übersetzte, guckten er und Anneanne besorgt in die Runde.

»Und wir sitzen dann bei euch hinten drauf, oder was?«, fragte ich.

»Ja, sicher«, nickte Ally. »Unser Gepäck lassen wir erst einmal hier, nehmen nur das Nötigste mit. Jannah kommt zu mir auf den Sozius, Ken bei Wolfgang, und ab geht der Peter!«

»Hmm«, machte ich zweifelnd, und auch Ken wirkte unentschlossen.

»Meine Güte«, stöhnte Ally. »Seid ihr wirklich solche Langweiler? Wollt ihr denn gar nichts erleben? Kein bisschen Abenteuerlust? Was? Kinder, das pralle Leben tobt da draußen und ihr verkrümelt euch in der kleinen Butze hier?!«

Ich wusste, dass sie recht hatte, nur Ally wusste nicht, warum ich mich sträubte. Allein mit ihr und dem Professor hätte ich sofort *Hurra* geschrien, aber mit Ken zusammen auf eine Tour? War das richtig? Sayan gegenüber fair?

»Entschuldigung«, mischte sich Dede ins Gespräch. »Ist das nicht viel zu gefährlich? Zu viert auf den Motorrädern und dann diese lange Strecke?«

»Ja, warum reisen Sie nicht mit dem Bus?«, schlug Anneanne vor. »Oder nehmen einen Mietwagen? Ist doch viel bequemer und sicherer.«

»Weil es uns nicht entspricht«, sagte Ally freundlich, doch Anneanne verstand das nicht.

»Wir fahren natürlich sehr langsam und vorsichtig«, betonte der Professor. »Sie können sich auf uns verlassen.«

»Also, ich habe nichts dagegen«, sagte Sepp und sah meine Mutter an. »Was meinst du?«

»Ich auch nicht. Jannah ist längere Fahrten auf dem Motorrad von ihrem Vater gewöhnt, und ich denke, dass ihr beide sehr umsichtig fahrt.«

»Bismillahâhirrahmanirrâhim«, murmelte Anneanne. »Bismillahâhirrahmanirrâhim.«

»Ich fahr mit«, sagte Ken kurzentschlossen und stand auf. Verblüfft sah ich ihn an.

Eine Stunde später verstauten wir unsere Sachen in den Ledertaschen der Harleys. Allys war glitzer-metallic-grün, die vom Professor mattschwarz lackiert. Die verchromten Teile funkelten im Sonnenlicht, und ich war nun doch aufgeregt. Beide Maschinen hatten einen bequemen Sozius, bei Ally war sogar noch eine kleine Rückenlehne dran. Sie klappte die Fußrasten für uns aus. Ken und ich nahmen die Helme von Ally und dem Professor. Bis in den Ort zum Mopedverleih, wo wir uns zwei weitere borgen würden, fuhren sie ohne.

»Halt, wartet!« Atemlos kam Osman angelaufen. »Ich will mit, ihr dürft nicht ohne mich fahren!«

»Oho, hier gibt es also sehr wohl abenteuerlustige Menschen«, lachte Ally, ließ ihn auf den Rücksitz klettern und startete den Motor, der gemächlich tuckerte. »Halt dich gut fest, junger Mann.«

Zusammen drehten sie eine Runde durch die Anlage und fuhren dann wieder vor. Osman strahlte. Nur widerstrebend stieg er von seinem Thron. »Das ist 'ne Harley Davidson«, stellte er fachmännisch fest. »Hab ich gleich gewusst. Am Motorgeräusch nämlich.«

»Sehr richtig«, der Professor klopfte ihm auf die Schulter. »So ging das damals bei mir auch los.«

»Bei mir war ein Film schuld«, sagte Ally, »als ich jung war. *Easy Rider* hieß der, kennt ihr bestimmt nicht mehr. Aber danach wusste ich, das ich irgendwann auf so einem Bock durch Amerika brausen würde.«

»Ich kenne den wohl«, lächelte der Professor, drückte ebenfalls den Startknopf, drehte leicht am Gashebel und ließ mit dem Fuß den ersten Gang einrasten. Das Motorrad rollte sachte auf Ken zu. Osman beobachtete alles sehr aufmerksam. »Wenn ich groß bin, fahre ich auch so eins.«

»Okay, ich bin groß, und ich fahre jetzt«, Ken stieg hinter dem Professor auf und grinste Osman an. »Sauber bleiben, Kleiner!«

»Werd mal nicht übermütig, Junge«, wies Sepp ihn zurecht. »Und pass ein bisschen auf Jannah auf, okay?«

»Hä?«, machte Ken. »Wozu das denn?«

»Ich mach das schon selbst«, sagte ich und setzte mich hinter Ally. Vorsichtig, damit sie nicht zu sehr ins Schwanken kam.

Als wir losfuhren, schüttete uns Anneanne einen Schwall Gebete und eine Karaffe Wasser hinterher. Auch wenn ich ihre große Sorge nicht teilte, gefiel mir der alte türkische Brauch, Reisenden damit eine gute Fahrt und angenehme Rückkehr zu wünschen.

Und dann rumpelten wir ein Stück über die Schotterpiste und bogen auf die asphaltierte Straße ab. Ally und der Professor fuhren wirklich extrem bedächtig. Bei dem Tempo würden wir nicht vier Stunden bis Pamukkale brauchen, so wie Dede ausgerechnet hatte, sondern bestimmt sechs oder sieben.

Das Städtchen hatten wir trotzdem innerhalb von zehn Minuten Fahrt erreicht. Der Professor fuhr vor den Mopedverleih, Ally hielt hinter ihm.

»Kommst du mit?«, fragte er mich. »Ich denke, es geht schneller, wenn du Türkisch sprichst.«

Ich nickte und folgte dem Professor in den kleinen Laden. Die Formalitäten dauerten keine fünf Minuten. Mit zwei nagelneuen Helmen am Arm kamen wir zurück, und Ally stieß mich an.

»Guck mal, da ist Kens Schwester«, sie zeigte auf ein Café gegenüber, in dem Merrie und Levent saßen. Dicht zusammen, die Hände ineinanderverknäuelt und blind für alles, was um sie herum geschah.

»Ey«, schrie Ken. »Liebespaa küsst euch maa!«

Die beiden fuhren erschrocken hoch und sahen sich nach dem Schreihals um, doch weil wir alle unsere Helme trugen und Merrie und Levent keine Ahnung hatten, dass wir mit Motorrädern unterwegs waren, konnten sie uns nicht erkennen.

»Nachmacher!«, grinste ich Ken zu. »Das hast du von Osman.«

»Na und?«, grinste er zurück. »Wenn's passt?«

Wir verließen den Ort über die Küstenstraße Richtung Bodrum. Die Sonne brannte vom Himmel, und mir wurde in meiner Jacke und der langen Hose zu warm. Ally hatte eine Landkarte in die durchsichtige Hülle ihrer Tanktasche gesteckt, so dass sie während der Fahrt die Route verfolgen konnte. Der Professor und Ken blieben hinter uns, denn die vielen Laster und Autos, die ihre eigenen Verkehrsregeln zu haben schienen, machten ein Nebeneinander unmöglich. Wir hatten das Visier unserer Helme geschlossen, um zumindest notdürftig vor den Abgasen geschützt zu sein. Ich war froh, als wir die Stadt hinter uns ließen und die Serpentinenstrecke durch die Berge begann. Seltsamerweise wurde mir überhaupt nicht schlecht. Im Auto musste ich sonst entweder mit leerem Magen fahren oder vorher Tabletten nehmen. Ally fuhr die engen Kurven elegant aus, und ich genoss das Gleiten der Maschine. Viel angenehmer als auf dem Geländemotorrad meines Vaters. Es war auch nicht mehr so warm, in den Bergen sank die Temperatur rasch um einige Grade. Ich klappte das Visier wieder auf, wollte den Fahrtwind spüren, die Zikaden in den Sträuchern sirren hören, das Harz der vielen Nadelbäume um uns herum riechen. Wir durchquerten rötlich braune Felsriesen, die man für den Bau der Fahrbahn gesprengt hatte, Schluchten mit

Haarnadelkurven, die wir nur sehr langsam passieren konnten, um nicht wegzurutschen, denn die Ränder der Straße fransten in Schotter aus. An manchen Stellen wurde es so schmal und unübersichtlich, dass wir hupten, um eventuell entgegenkommende Fahrzeuge zu warnen. Wir fuhren durch Flussebenen, in denen Kinder ihre Ziegen und Schafe hüteten und uns lachend hinterherwinkten. An kargen Hügelkuppen entlang, in die sich manch wacklige Bretterbude schmiegte. Und durch Dörfer, die aus drei halbfertigen Häusern und ein paar zerrupften Hühnern bestanden.

Ich schickte all meine Sinne in die liebliche Landschaft um uns herum. Ließ sie in die hohen Wipfel der Zedern steigen, sich mit Sonnenstrahlen und Wind verweben und über schneebedeckten Gipfeln in der Ferne zerstreuen, wo vielleicht ein Raubvogel nach ihnen schnappte, um sie in sein Nest zu tragen. Diese endlose Weite vor uns befreite mich. Ich spürte die Gelassenheit der Berge, das Wohlwollen des Himmels und den ewigen Gleichklang im Hier und Jetzt. Es war alles, wie es war. So einfach.

Eine kleine lila Melodie plätscherte durch den tiefgrünen Fluss, der unseren Weg eine Weile begleitete, und verklang, als wir auf einer Anhöhe hielten.

Beim Absteigen merkte ich erst, wie steif meine Beine vom langen Sitzen geworden waren. Ich nahm den Helm ab und streckte mich. Ally ging zu einem steinernen Becken, aus dem Quellwasser sprudelte. Ich folgte ihr, füllte wie sie meine Hände und trank. Es war kalt, so kalt, dass es mir an den Zähnen weh tat.

»Habt ihr Hunger?«, fragte der Professor. Ally und Ken nickten. Im Schatten mehrerer Olivenbäume befand sich ein Verkaufsstand, der üppig von grünen und gelben Bananenstauden umgeben war. Auf dem Tresen stapelten sich Honiggläser mit einem Stück Wabe darin. In großen Körben darunter lagen Äpfel, Birnen, Orangen, Zitronen und grüne Pflaumen. Der Inhaber stand auf und bot uns allen eine Banane an. Schon beim ersten Bissen erinnerte ich mich an deren kräftiges Aroma. Kein Vergleich zu den fast geschmackfreien Früchten, die es bei uns zu kaufen gab. Diese kleinen Teilchen hier schmeckten nach Sonne, nach Licht und unbeschreiblicher Süße. Ally kaufte eine Staude mit etwa zwanzig Bananen dran.

»Sehr lecker«, sagte Ken und verputzte gleich noch fünf. Während auch wir eine nach der anderen aßen, beobachtete uns die Frau des Bauern aus dem Hintergrund. Sie trug einen langen gemusterten Rock, eine ähnlich gemusterte Bluse und Kopftuch. Neugierig guckte sie vom Professor zu Ally, an Allys Tätowierung blieb sie mit großen Augen hängen, bevor sie zu Ken schwenkte und von Ken zu mir. Zwei ältere Leute auf Motorrädern, mit einem schwarzen und einer weißen Jugendlichen, rasteten sicher nicht oft bei ihnen. Der Bauer fragte den Professor, woher wir kämen, doch der wies achselzuckend auf mich. Ich sagte, dass wir Touristen seien und ich nur wenig Türkisch könne. Er fragte, von wem ich das gelernt hätte, wo wir hinwollten und ob Ken mein Mann sei. Mit roten Wangen tat ich so, als hätte ich ihn nicht verstanden. Ich sagte, wir müssten nun aufbrechen. Da die Bananen ohnehin gegessen waren, verabschiedeten wir uns.

»Was hat er gesagt?«, fragte Ally.

»Ach, das Übliche«, winkte ich ab. »Woher wir kommen, wohin wir fahren und wer zu wem weshalb gehört.«

»Du scheinst das nicht zu mögen«, schmunzelte der Professor.

»Nein«, bestätigte ich. »Ich finde das schrecklich aufdringlich, fremde Leute auszufragen, aber in der Türkei ist das normal. Es passiert jedes Mal, egal, wo ich bin.«

»Also, ich kann ihre Neugier verstehen«, sagte Ally. »Wir sehen ja schon ziemlich exotisch aus.

Außerdem gibt es nicht viele rothaarige Türkinnen. Das finden sie sicher spannend.«

»Und wahrscheinlich haben sie insgesamt nicht
viel Abwechslung«, ergänzte der Professor. »Da
kommen ihnen ein paar schräge Urlauber gerade
recht.«

»Mich fragen sie in Hannover auch manchmal,
wo ich herkomme«, sagte Ken. »Und wundern
sich, wenn ich fehlerfrei Deutsch spreche.«

»Die Betonung liegt auf *wenn*«, grinste ich.

17
Vier Betten für einen Schnarcher

Nach zwei weiteren Stunden auf dem Motorrad, begann mein Hinterteil zu schmerzen, und ich verlagerte das Gewicht vorsichtig auf die andere Seite. Doch auch da tat es weh.

»Sieh mal, da vorn«, Ally zeigte zum Berghang. Die Straße führte steil nach oben, und wo eben noch graubraune Felsen und Gestrüpp gewesen waren, leuchtete es nun schneeweiß. Auf Fotos hatte ich dieses faszinierende Naturwunder schon oft gesehen, doch in echt war es unfassbar. Der Ort sah aus, als hätte ein Riese beschlossen, hier mal eben eine Ladung Zuckerguss über die Berge zu gießen.

Wir fuhren auf einen Parkplatz, stellten die Motorräder ab und begaben uns zu Fuß auf Erkundungstour. Mit vielen anderen Touristen standen wir auf einem Bergplateau und bestaunten das, was vor uns lag.

Über eine gigantische Fläche waren unzählige, unterschiedlich große Kalksteinbecken verteilt. In halbrunden Terrassen und durch Stalaktiten miteinander verbunden, verliefen sie bergab. Das stark kalkhaltige Wasser in den Becken kam aus heißen Mineralquellen in den Bergen und befüllte die Sinterterrassen seit Jahrtausenden immer wieder neu. Und jede schimmerte in einem anderen verlockenden Blauton. Zu gern hätte ich mich in eins der flachen Becken gelegt, so verstaubt und verschwitzt wie ich war, doch das Baden war verboten. Durch den täglichen Besucheransturm hatte das Gebiet in früheren Jahren sehr gelitten, und der Schutz war notwendig geworden.

Zwei Deutsche, mit denen der Professor ins Gespräch gekommen war, erzählten uns davon und zeigten eine Stelle, wo wir zumindest mit den Füßen rein durften. Das Wasser war so warm, dass selbst Ken seine Schuhe auszog, die Hosenbeine hochkrempelte und durch das kniehohe Becken eierte, weil es an manchen Stellen glitschig war. Ich watete lieber durch die kleinen Wasserläufe mit rauem Untergrund und stieß mir den kleinen Zeh an einem spitzen Stein, den ich nicht bemerkt hatte. Ein feiner Blutfaden zog mit der Strömung davon.

»Ist das nicht der reine Wahnsinn?«, schwärmte Ally. Ich nickte, obwohl der Schnitt weh tat.

»Was haltet ihr davon, wenn wir über Nacht bleiben?«, fragte der Professor. »Das Pärchen hat gesagt, oben an den Kalkquellen gibt es ein Hotel mit antikem Thermalbad.«

Ken zuckte die Schultern. Doch Ally war sofort begeistert. »O Wolfgang!«, rief sie. »Ja, natürlich!«

»Hmm«, machte ich unschlüssig. Ein Bild tauchte vor mir auf. Ken und ich allein an einem der Becken. Ich verscheuchte es sofort. »Wollen wir nicht lieber zurückfahren?«

»Von mir aus«, sagte der Professor. »Dann fahren wir aber über Nacht. Und das ist bei den Straßen nicht ganz ohne.«

»Papperlapapp!«, bestimmte Ally. »Wir bleiben. Ich kann bei Dunkelheit nicht mehr gut sehen. Das ist zu gefährlich. Außerdem bin ich eine alte Frau, die ein wenig Erholung verdient hat.«

Der Professor lächelte. »Als ob du das bräuchtest!«

Ally lag eine Erwiderung auf der Zunge, doch sie schwieg und lächelte stattdessen auch.

»Wir können uns das Hotel ja erst einmal ansehen«, sagte der Professor zu mir. »Vielleicht ist es eine Übernachtung wert?«

Ich wusste nicht, warum ich mich dagegen sträubte, schließlich mochte ich Nachtfahrten auf dem Motorrad gar nicht, weil man weder schlafen noch loslassen konnte. Doch irgendwas war da.

»Also, ich hab keinen Bock mehr auf Fahren heute«, sagte Ken. »Ich bin für Übernachten.«

»Damit bist du überstimmt«, sagte Ally und nahm mich in den Arm. »Komm, Enkeltochter, lass uns mal gucken, ob wir ein hübsches Bettchen für dich finden.«

»Es tut mir leid, mein Herr«, bedauerte der Mann an der Rezeption in astreinem Deutsch. »Aber außer dem Vierbett-Apartment habe ich nichts mehr frei.«

Der Professor und Ally sahen sich an. »Das nehmen wir«, nickte Ally. »Oder? Besser als in der Pampa schlafen.«

»Och, wäre sicher ganz lustig«, grinste Ken. »Wenn so'n paar Tarantulas an unserem Lagerfeuer tanzen.«

»Blödmann!«, schimpfte ich und gab mich geschlagen. Den Abend und die Nacht würde ich auch irgendwie überstehen. Hauptsache es schnarchte keiner.

Die Anlage, durch die uns ein Hotelangestellter führte, war ein kleines Paradies. Wie eine grüne Oase inmitten des gleißenden Lichts drumherum. Durch einen Park voller Palmen wanden sich ineinander übergehende Schwimmbassins, die zum Teil noch von natürlichem Gestein begrenzt waren. An manchen Stellen hatte man Öffnungen für das Quellwasser geschaffen, das aus dem Berg direkt ins Bad sprudelte. Hotelgäste standen darunter und ließen sich berieseln. Oleander, Jasmin und Schilfrohr ragten über die glasklare Wasserfläche, in der die Überreste antiker Säulen lagen. Man konnte darüber hinwegschwimmen oder sich darauf setzen. Kinder kletterten auf den massiven Klötzen herum und sprangen mit fröhlichem Geschrei ins Wasser.

Das Apartment lag abseits des Pools und war besser aufgeteilt, als ich befürchtet hatte. Ein Ehebett befand sich auf einer offenen Empore. Im unteren Teil des Wohnraums standen zwei weitere Betten, die sich mit einem Paravent voneinander abschirmen ließen. Das ging.

»Wer schläft wo?« Ally sah von mir zu Ken.

»Ich nehme das«, sagte ich und warf meine Tasche auf das Bett neben dem Paravent. Dahinter konnte ich mich zumindest ein klein wenig verstecken. Obwohl Ally nie etwas plante, hatte sie doch angeregt, Zahnbürsten und Wechselsachen mitzunehmen. Dafür war ich nun sehr dankbar. Deo, Schmink- und Waschzeug hatte ich ebenfalls gleich eingepackt. Und meinen Bikini.

»Gut, dann nehme ich das andere«, sagte Ken und sah zu mir rüber. »Aber nicht schnarchen, okay?«

»Was? Ich?«, rief ich empört. »Ich hab noch nie geschnarcht!«

»Na klar!«

»Nein!«

»Ja, sicher«, grinste er. »Das höre ich zu Hause doch immer durch die Wand.«

»Mann, das stimmt überhaupt nicht«, verteidigte ich mich, doch nicht nur Ally schmunzelte, auch die Mundwinkel des Professors hoben sich verdächtig.

»Ist ja auch ganz putzig«, sagte Ken. »So'n bisschen Mädchengeschnarche.«

Ich warf ihm ein Kissen an den Kopf. Er fing es auf, schleuderte es zurück und schickte gleich noch eins hinterher. Das konnte ich nicht auf mir sitzen lassen. Ich griff nach dem größten und drosch damit auf Ken ein. Zumindest versuchte ich es, denn nach dem ersten Schlag hielt er es fest, drückte es mir ins Gesicht und lachte, weil ich wie eine Furie tobte.

»Hallo ihr beiden, alles in Ordnung mit euch?«, fragte Ally und musste ebenso lachen, als ich völlig zerzaust hinter dem Kissen auftauchte.

»Yep«, schnaufte ich. »Alles tutti. Können wir jetzt bitte schwimmen gehen, ich schwitze.«

»Das wollte ich auch gerade vorschlagen«, nickte der Professor und verschwand mit seiner Badehose im Bad. Ken zog sich im winzigen WC um, ich baute mir eine Wand aus dem Raumteiler und hoffte, dass Ken und der Professor nicht gerade jetzt hereinkämen. Ally wechselte ihre Sachen ganz einfach auf der Empore, ohne irgendetwas zu verhüllen. Sie war noch nie verschämt gewesen, gerade ihre Tätowierungen trug sie offen zur Schau. Nachdem sie den schwarzen Badeanzug anhatte, wickelte sie sich in ein Tuch und schlüpfte in ihre Sandalen. Als der Professor aus dem Bad kam, hätte ich beinahe losgeprustet. Die karierten Badeshorts sahen aus wie von einem englischen Lord aus dem letzten Jahrhundert. Seine Haare nicht. Die standen ab wie bei Albert Einstein. Er war weiß wie die Kalkformationen vor der Tür und hatte sehr dünne und sehr lange Arme und Beine. Ich wunderte mich, dass er so lange Motorrad fahren konnte, ohne schlappzumachen, denn etwas Kraft brauchte man ab einer gewissen Fahrzeit schon. Vermutlich war er zäher, als er aussah. Ally sprang leichtfüßig von der Empore auf ihn zu und klopfte liebevoll auf seinen kugeligen Bauch. »Na, Schatz, wie wollen wir's denn nennen?«

»Wenn es ein Mädchen wird *Wally*, wenn es ein Junge wird *Allgang*«, parierte der Professor und zog meine Oma an sich, um ihr einen Kuss zu geben. Ihre Intimität war mir peinlich, und ich war

froh, dass Ken endlich aus dem Klo kam. Er wandte mir den Rücken zu, dabei konnte ich ihn kurz
betrachten. Im Vergleich zu Sayan war er nicht so
muskulös, aber größer und kräftiger. Sayan hatte
einen warmen Bronzeton, Ken war mittlerweile
fast ganz schwarz. Sayan hatte glatte braune Haare,
Ken störrische Dreads.

Er nestelte an seinem Beutel herum, und ich erinnerte mich an das erste Bild, was ich von ihm
gehabt hatte. Diese wunderschönen langen Finger
an der Tasse in der Cafeteria unserer Schule. Ken
drehte sich um, mein Kopf sauste im Zeitraffer zu
Ally und dem Professor hinüber und fing gerade
noch einen vielsagenden Blick zwischen den beiden auf.

Es war später Nachmittag geworden. Mit unseren Handtüchern unter dem Arm wanderten wir
durch den Park und hielten nach Liegen Ausschau.
In der Nähe des Pools fanden wir zwei, die Ally
und ich besetzten. Ken und der Professor liefen
weiter, um noch zwei zu holen.

»Euren Ken finde ich echt süß«, Ally breitete ihr
Handtuch auf der Liege aus.

»Ach, er ist ein Spinner!«, gab ich zurück.

»Warum? Kommt mir nicht so vor.«

»Du kennst ihn ja auch nicht.«

»Das stimmt«, sagte Ally, »aber er macht auf mich keinen spinnerten Eindruck, eher einen nachdenklichen.«

Ich schwieg. In den vergangenen Tagen war Ken tatsächlich anders als sonst.

Ally sah mich von der Seite an. »Du magst ihn, oder?«

»Nicht mehr«, sagte ich und blinzelte in die Sonne.

»Ach so, na dann.«

Ken kam mit einer Liege über der Schulter zu uns gestapft, dicht gefolgt vom Professor, der eine Kinderliege trug.

Ally lachte. »Gab es die nicht kleiner?«

»Leider nicht!«

»Ich nehme sie«, bot ich an. »Dann kannst du die große haben.«

»Danke«, lächelte der Professor, »darauf hatte ich gesetzt!«

»Wollen wir jetzt endlich mal baden gehen?« Ally nahm ihr Tuch ab und griff nach der Hand des Professors. »Komm Schatz, ab in die Quelle der Aphrodite. Danach sind wir zehn Jahre jünger!«

»O Gott«, stöhnte er. »Du noch zehn Jahre jünger? Dann krieg ich dich ja gar nicht mehr gebändigt!«

»Wer sagt denn, dass du mich bändigen musst?«

Als ich in das warme Wasser glitt, hätte ich beinahe so gejuchzt wie Ally. »Ich dreh durch!«, rief sie. »Das ist ja wie in Champagner baden!«

Die winzigen Luftbläschen, die über jeden Quadratmillimeter unserer Haut prickelten, fühlten sich wirklich himmlisch an. Wohlig drehte ich mich hin und her. Achtunddreißig Grad pures Mineralwasser. Schon in den ersten Sekunden hatte ich das Gefühl, dass es mich von Grund auf reinigte, dass es in tiefere Schichten vordrang und alles Überflüssige und Abgestorbene wegwusch. Alles, was nicht zu mir gehörte, wurde sanft abgekribbelt, gelöst und geschält wie bei einer Häutung. Kein Wunder, dass selbst die alten Römer hier schon gebadet hatten im festen Glauben, das Wasser habe heilende Kräfte. Ich war davon auch überzeugt.

»Boah«, seufzte Ken zufrieden. »Maximal Overchill. Ich geh nie wieder raus!« Er bewegte sich langsam zu einer der Öffnungen in der Steinwand und ließ sich mit dem heißem Quellwasser begießen. Ally und der Professor paddelten entspannt zwischen den Säulen herum. Ich schwamm in einen Nebenarm und von dort in das größte Becken. Doch mit den vielen Kindern war es mir zu voll. Ich wechselte in den Schwimmerbereich, der mit einem Seil und Kunststoffkugeln gekennzeichnet war. An der dunklen Farbe des Wassers konnte man die Tiefe erkennen. Und trotzdem schimmerten auch hier die Bruchstücke alter Säulen vom Grund herauf. Was das wohl für Ruinen waren? Zu welchem Gebäude hatten sie gehört, bevor es zerstört wurde? Ich trieb mit ausgestreckten Armen und Beinen auf dem Rücken. Um ein Haar hätte ich mich selbst um dieses Erlebnis gebracht. Fast wäre ich nicht mitgefahren und hätte all das verpasst. Nur, weil ich mit Ken nichts unternehmen wollte, weil ich nicht in seiner Nähe sein wollte, weil ich Sayan gegenüber ein schlechtes Gewissen hatte. Aber war es so? Wollte ich nicht in Kens Nähe sein?

Als er mich plötzlich unter Wasser zog und ich wild strampelte und gurgelte, weil ich mich natürlich verschluckte, war die Antwort ganz klar: Nein!

Das Baden und die lange Motorradfahrt vorweg hatte uns alle müde gemacht. Beim Abendessen im Hotelrestaurant schliefen wir fast ein, obwohl auf der Bühne eine gute Live-Band spielte. Zumindest sagte das der Professor. An mir zog die Musik jedenfalls unbemerkt vorbei. Auch Kens Augen hingen schon auf Halbmast.

Ally flüsterte dem Professor was ins Ohr, und als die Band eine Pause machte, ging er zur Bühne.

Ein Kellner kam zu uns an den Tisch, und wir bestellten Eis, in der Hoffnung, dass uns die Kälte wieder munter machen würde. Doch dann war es etwas ganz anderes, das unsere Lebensgeister weckte. Der Professor. Er stand auf einmal mit den anderen Musikern zusammen auf der Bühne. Ally lächelte ihm stolz zu. Er hob eine Trompete an seine Lippen und stimmte eine Melodie an, die ich schon einmal gehört hatte. Es war ein altes Lied, so viel wusste ich. Ich wollte Ally gerade danach fragen, da sah ich Tränen in ihren Augen glitzern und ließ es bleiben. Sie verriet es mir ohnehin im nächsten Moment, weil sie *Don't Cry for Me Argentina* sang. Ich wusste nicht, was es mit ihr zu tun hatte, warum es sie derart bewegte. Egal. Vielleicht war es auch nur, weil der Professor wieder so virtuos und einfühlsam spielte, weil er einer Trompete Töne entlocken konnte, die einem die Seele in Gänsehaut legten.

War es eigentlich Zufall, dass Ken wieder neben mir saß? Wie Heiligabend? Klar, war das Zufall, wenn man an Zufälle glaubte und nicht an Kismet, so wie ich.

18
Mit K.-o.-Tropfen in
den Tsunami

Der Professor kam nach drei weiteren Stücken unter großem Applaus zurück an unseren Tisch und forderte Ally auf. Die Band spielte nun schnellere, tanzbare Musik.

»Ihr kommt auch mal einen Moment allein zurecht, oder?«, sagte sie. Ken und ich nickten.

Ich hatte meine Oma noch nie tanzen sehen und war überrascht, wie gut sie es konnte, gar nicht omamäßig, überhaupt nicht. Eher ziemlich cool. Aber der Professor war auch nicht schlecht. Er wirbelte mit Ally so locker und lässig über die Tanzfläche, dass auch andere davon angesteckt wurden. Immer mehr Paare gesellten sich lachend und singend zu ihnen.

Ich wurde neidisch. Irgendwie hätte ich jetzt auch gern getanzt, doch alleine? Mit Ken? Das konnte ich nicht. Dafür fehlte mir der Mut. Und Leute in unserem Alter. Ken schien auch unruhig.

»Du ... ähm«, begann er. »Ich gehe mal eben raus. Willst du ... hm ... vielleicht ...?«

»Ja«, presste ich knapp hervor.

Schweigend verließen wir das Hotelgelände in Richtung Sinterterrassen. Zum Glück nicht allein. Auch andere Touristen wollten sich Pamukkale bei Nacht ansehen.

Den Sonnenuntergang hatten wir leider verpasst, aber auch so, im Licht der Sterne und des Mondes, sah es verwunschen aus wie im Schlossgarten einer Schneekönigin. Wir folgten einer Gruppe von Jugendlichen, die sich auf einer Anhöhe niederließen, und gingen noch etwas weiter.

»Wie findest du den Urlaub bisher?«, fragte ich.

»Ganz okay, und du?«

»Auch.«

»Das hier ist der Hammer.«

»Richtig.«

Ich setzte mich auf einen rauen Buckel aus versteinertem Zuckerguss. Ken eine Armlänge von mir entfernt. Stumm tauchten wir in die silbrig glitzernde Märchenlandschaft. Ich hätte nicht sagen können, warum ich ausgerechnet jetzt an Vergissmeinnicht dachte. Doch wo ich auch hinsah, sprangen die winzigen himmelblauen Blüten auf. *Plipp.* Ich dachte an Ally und den Professor, an Sayan, an Merrie und Levent, an Osman und sogar an Pätrick, doch sie verblassten allesamt. *Plipp,* eine Blüte, *plipp,* noch eine, *plipp, plipp, plipp,* drei auf einmal. Sie waren plötzlich überall. *Plipp.*

»Was ist mit dir und Sayan?« Ken sah mich nicht an.

»Was soll mit uns sein?«

»Bist du verliebt?«

»Ja.«

»Gut«, er schwieg. Ein Mädchen aus der Gruppe lachte. Ken und ich guckten gleichzeitig zu ihr rüber. Der Junge neben ihr küsste sie. Als er nicht aufhörte, wandten wir uns ab.

Plipp, plipp, plipp.

»Nein, nicht gut.« Jetzt sah er mich an. »Scheiße.«

Mein Herz schlug im Stakkato. Ich konnte ihn nicht ansehen. Konnte überhaupt nichts sehen. War blütenblind.

»Ach, da seid ihr ja!« Arm in Arm schlenderten Ally und der Professor auf uns zu. »Ein schönes Plätzchen.« Fasziniert schweiften ihre Blicke über die weißen Berge. »Jetzt weiß ich auch, warum so viele Türken an Magie glauben. Wenn ich in diesem Land leben würde, gäbe es für mich auch gute und böse Geister.«

»Dabei wollten wir euch eigentlich wieder reinholen«, sagte der Professor. »Es ist gerade Bauchtanz.«

»Den gibt es auch zu Hause«, sagte Ally. »Aber das? Das ist doch der Wahnsinn!«

»Nicht böse sein«, sagte ich. »Aber ich bin total müde. Ich muss ins Bett.«

»Wirklich? Jetzt schon?« Ally schüttelte den Kopf. »Wollt ihr nicht …?«

»Nein, Ally, ich gehe ins Apartment, ja?«

»Soll ich dich bringen?«

»Nein, nein, gib mir nur den Schlüssel, bitte.«

Ich fühlte mich seltsam abgeschnitten von allem, als ich zum Hotel zurückging, aber sitzen bleiben konnte ich auch nicht. Es herrschte ein Aufruhr in mir, den ich nur allein besänftigen konnte. Ich war froh, dass die beiden aufgetaucht waren und mich aus der Erstarrung gelöst hatten. Hoffentlich blieben sie noch recht lange weg.

Ich umrundete den Pool, in dem immer noch Badegäste schwammen, schloss das Apartment auf und öffnete auch gleich die Terrassentür, damit die anderen mich später nicht wecken mussten. Ein feiner Duft stieg mir in die Nase. Er kam von einem Strauch, der direkt am Haus wuchs. Ich erinnerte mich, dass Dede einmal von dieser Pflanze erzählt hatte, die nur nachts ihre Blüten öffnete und nach Jasmin und Vanille roch. Ein paar von ihnen legte ich zur Erinnerung in mein Buch und nahm das Handy vom Nachttisch. Sayan hatte angerufen, während ich draußen gewesen war.

Wo bist du, schrieb er. »Das weiß ich auch nicht«,

flüsterte ich. Du fühlst dich so weit weg an. »In einer anderen Welt.« Ich vermisse dich. »Ja.«

Was sollte ich Sayan schreiben? Wie sollte ich ihm schreiben, ohne dass er zwischen den Zeilen eine Ahnung von dem bekam, was mich selbst ganz und gar verwirrte? Ich bin mit meiner Oma in Pamukkale, schrieb ich, du fehlst mir auch. Lange hielt ich das Handy in der Hand, ohne die Nachricht zu versenden. So lange, bis der Bildschirm zum siebten Mal dunkel wurde. Dann legte ich es zurück auf den Nachttisch und ging ins Bad. Ich schminkte mich gründlich ab, putzte meine Zähne und setzte mich auf die Toilette.

Als ich aufstand und spülen wollte, versteinerte ich von einer Sekunde zur anderen. Ein Schrei steckte in meiner Kehle fest und rührte sich keinen Millimeter. Ich würde daran ersticken, todsicher. Eine dicke, fette Spinne saß auf der Innenseite des Klodeckels. Groß wie eine Pusteblume. Größer und behaarter als alle Spinnen, die ich je leibhaftig sehen musste. Während ich gepinkelt hatte, war dieses Vieh die ganze Zeit hinter mir gewesen. Sie beobachtete mich. Und ich war überzeugt, dass sie mich anspringen würde, wenn ich auch nur die geringste Bewegung machte, ja, wenn ich es wagte, auch nur Luft zu holen. Also tat ich es nicht. Ich stand da und wartete auf nichts Geringeres als ein

Wunder. Ich versuchte nicht mal zu denken, weil die Spinne spüren könnte, dass sich in meinem Kopf etwas bewegte, das sie vielleicht veranlasst hätte, sich ebenfalls zu bewegen. Ich konnte auch nicht wegsehen. Ich musste hinsehen, und wenn ich nicht gleich Luft bekam, war es aus. Ich merkte schon, dass mich Schwindel erfasste und Sterne vor meinem Gesicht tanzten. Was würde wohl passieren, wenn ich jetzt einfach losließ? Wenn ich in die grünen Wellen sank, die mich gerade in ihren Strudel zogen? Ich schwankte, meine Knie gaben nach, und ich ging von dieser Welt durch die schwarzen Augen eines Tsunamis.

Das Nächste, was ich wahrnahm, war kalt. Extrem kalt lief es mir über die Stirn in die Haare. Und mein Kopf lag auf etwas Hartem. Also gestorben war ich nicht. Das stellte ich mir bequemer vor. Vorsichtig öffnete ich ein Auge und riss auch gleich das zweite auf. Ich lag auf Kens Schoß, er strich über meine Stirn. Ich fuhr hoch.

»Schsch«, machte er und drückte meinen Kopf wieder runter. »Alles gut, Kleine.«

»Wo ist sie?«

»Wird gerade in Mineralwasser gekocht.«

Ich sah zu ihm auf. Eine ganz blöde Perspektive. Ich unten, er oben. Seine Nasenlöcher sahen so riesig aus, dass ich lachen musste. Er grinste auf mich herab. »Alles klar?«

»Alles klar«, ich richtete mich langsam auf und brachte Abstand zwischen uns. Ein Tropfen lief von meiner Schläfe bis zum Kinn. Ich wischte ihn weg. »Was ist das?«

»Eis«, sagte Ken. »Ich hatte dir einen Mango-Cocktail mitgebracht, da waren Eiswürfel drin. Recht praktisch zum Wiederbeleben von geschockten Mädchen.«

»Danke«, lächelte ich. »Aber warum bist du schon hier? Was ist mit dem Professor und Ally?«

»Ich hatte keinen Bock mehr«, sagte er. »Die beiden haben nur getanzt, und es waren keine brauchbaren Schwedinnen in der Nähe.«

»Und dann?«

»Dann dachte ich, dass es vielleicht ganz nett wäre, meiner kleinen Schwester beim Schnarchen zuzuhören.«

»Ich bin nicht deine Schwester«, ich gab ihm einen Stoß. »Und ich schnarche nicht, Mann!«

»Nee«, grinste er, »vorhin hast du gestöhnt und so komische Geräusche von dir gegeben, dass ich erst mal gucken musste, ob du alleine bist!«

»Ey, du bist so ein A...!«

»Halt!«, rief er. »Böses Wort, gaanz böses Wort!«

Erneut musste ich wider Willen lachen. Dieser

Idiot! Aber, dass ich im Bad gestöhnt haben sollte, dass ich überhaupt zu einem Laut fähig gewesen war, konnte ich kaum glauben. Ken war über die Terrasse hereingekommen und hatte mich im Bad gehört. Er hatte die Tür geöffnet und mich aufgefangen, als ich zusammenklappte. Alles, ohne dass ich es merkte.

»Willst du was trinken?«, er hielt mir den Cocktail hin.

»Mit leckeren K.-o.-Tropfen?«, schmunzelte ich.

»Lohnt nicht«, winkte er ab. »Dich schaffe ich auch so.«

»Als ob!«

»Ich brauch doch nur gucken, ob Tarantula vom Schwimmen zurück ist, schon bist du Wachs in meinen Händen!«

»O mein Gott, hör auf!« Ich schüttelte mich vor Ekel.

»Sehr freundlich, aber Ken reicht vollkommen!«

»Du nervst!«

»Ein bisschen mehr Dankbarkeit wäre hier doch wohl angebracht«, sagte er. »Immerhin hab ich dich vor dem Ungeheuer gerettet!«

»Hmpf«, ich nahm einen Schluck aus dem Glas. Die Eiswürfel waren geschmolzen, und in meinem Cocktail schwammen zwei kleine Vergissmeinnicht.

19
Stichflammen am Strandsitz

Ich hatte sie nicht abgeschickt, die Nachricht an Sayan. Es ging einfach nicht. Ich wollte mich ihm zugehörig fühlen, wollte ihn vermissen, aber ich driftete von Stunde zu Stunde weiter ab. Ich war mir auch nicht sicher, ob es nur an Ken und unserer netten Frotzelei lag oder ob es in sich begründet war. Ob es nicht auch daran lag, dass Sayan anders war als die Jungs, die ich sonst so kannte. Ganz anders. So anders, dass er mir fremd war, obwohl wir die gleiche Sprache sprachen. Aber in ihrer Bedeutung war es eben nicht die gleiche Sprache. Ich sprach Türkisch mit meinem deutschen Charakter. Er sprach Türkisch mit seinem türkischen Charakter. Das war etwas ganz anderes. Und ich hätte es Sayan niemals erklären können. Er wäre davon ausgegangen, dass ich mich wie ein türkisches Mädchen verhalte, nach all den Regeln, die es für die Mädchen hier gab. Und ich wäre davon ausgegangen, dass er sich wie ein deutscher Junge verhält, so wie ich es gewohnt war. Wir hätten voneinander völlig unmögliche Dinge erwartet.

Während ich auf Kens tiefen Atem lauschte, der sofort eingeschlafen war, starrte ich hinter meinem Paravent an die Decke. Ab und zu beleuchtet von einer angehenden Laterne im Garten, wenn dort jemand entlanglief. Durch die Tür wehte ein kühler Vanillewind herein, ich wickelte mich fest in die Decke und wischte mir über die Augen.

»Es tut mir leid«, hauchte ich in die Dunkelheit, als ob er mich hören könnte. »Es tut mir so leid.«

Ich bedauerte, dass wir am nächsten Morgen bereits nach dem Frühstück aufbrechen mussten. Und ich beneidete Ally und den Professor, die ihre Reise fortsetzen konnten. Gern wäre ich mit ihnen weitergefahren, an den nächsten Ort, zur nächsten Sehenswürdigkeit. Wir vier, das hatte gut gepasst. Ich wollte nicht nach Hause. Ich wollte nicht zurück in das Normale, Alltägliche, Langweilige. Nicht zur Schule. Nicht zu meinem Vater. Ja, auch zu Lou wollte ich nicht, weil ich keine Lust hatte, alles lang und breit zu erzählen. Genaugenommen wollte ich nicht mal zurück nach Bodrum. Doch weil unser Flug schon am nächsten Tag ging, mussten wir.

Ich hatte auf eine lange Rückfahrt gehofft, um sie richtig genießen zu können, doch die Zeit verging schneller als auf der Hinfahrt. Viel zu schnell.

So kam es mir jedenfalls vor, als ich vor unserem Haus vom Motorrad stieg und mir kaum etwas weh tat. Ich hätte ewig weiterfahren können.

Ally und der Professor setzten sich noch auf einen Tee mit Sepp und meiner Mutter zusammen und schwärmten ihnen von unserem Ausflug vor. Ich wusste nicht recht, wohin mit mir. Merrie war nicht da, und Ken verschwand auch sofort, um mit Cavit und ein paar anderen Jungs Beachvolleyball zu spielen. Die Sonne knallte vom Himmel. Ich nahm mein Buch, stieg aufs Dach und setzte mich in den Schatten von Kens Pavillon. Seine Sachen lagen zu einem Haufen verknüddelt in der hintersten Ecke. Nergis, Dilay und Jale hatte ich am Pool gesehen. Osman schlich um die drei herum und ärgerte sie, indem er sie mit einer riesigen Wasserpistole beschoss. Was für ein bescheuerter letzter Tag!

Sayan hatte nicht wieder geschrieben. Er hatte auch nicht noch einmal angerufen. Und ich hatte mein stumm gestelltes Handy ganz tief unten in meiner Tasche vergraben. Da, wo auch meine Brille lag, die ich zwar immer mitschleppte, aber nie trug.

Ich schlug das Buch bei einer der Blüten auf. So platt und schlaff sie jetzt auch war, duftete sie immer noch wunderschön. Gece Sefası, Freude der Nacht.

»Jannah«, rief meine Mutter. »Ally fährt gleich!«

Als ich herunterkam, saßen sie und der Professor bereits auf den Motorrädern, die Helme noch am Arm. Ich umarmte Ally fest. »Danke«, sagte ich. »Das war total schön.«

»Danke dir auch«, lächelte Ally. »Das war es.«

»Das machen wir noch mal«, lächelte der Professor und nahm mich in den Arm. »Okay?«

»Ja, bitte«, sagte ich. »Wo fahrt ihr jetzt hin?«

»Erst einmal nach Fethiye zum Ülümdeniz oder wie das heißt, zu dieser Lagune.«

»Ölüdeniz«, verbesserte meine Mutter.

»Genau«, sagte Ally. »Und danach gucken wir mal, wohin es uns treibt.«

»Du hast es so gut«, seufzte ich. »Ich will auch.«

»Da hast du verdammt recht«, grinste Ally. »Es ist die beste Zeit meines Lebens.«

»Was natürlich nur an meiner Wenigkeit liegt!«, schmunzelte der Professor.

»Natürlich«, lachte Ally und startete den Motor. »Los Schatz, on the road, der Boden wird mir zu heiß unter den Füßen.«

»Zu Befehl!« Der Professor setzte seinen Helm auf, rollte mit seiner Maschine an und winkte zum Abschied. Auch Ally fuhr los, ließ jedoch den Helm an ihrem Arm. »Macht's gut, ihr Lieben. Bis irgendwann.«

»Wartet«, rief ich, flitzte in die Küche und

kam mit einem Becher Wasser zurück, den ich schwungvoll hinter ihnen her schüttete. Langsam fuhren die zwei davon. Und kaum waren sie aus unserem Sichtfeld verschwunden, wackelten die drei Tanten herbei.

»Ach, Kızım«, sagte die eine zu meiner Mutter.

»Nun ist eure Zeit hier auch schon vorüber.«

»Ja«, antwortete meine Mutter. »Morgen.«

»Wie schade«, sagte die andere. »Dann kommt ihr aber sicher nächstes Jahr wieder, oder?«

»Vielleicht«, sagte meine Mutter. »Ja, vielleicht machen wir das wirklich.«

Überrascht sah ich sie an, und sie zwinkerte mir zu.

»Oder? Warum nicht?«, fragte sie Sepp und mich auf Deutsch. »Wir könnten das Haus ja noch einmal mieten.«

Sepp nickte, aber ich wusste nicht, ob ich das wollte. Irgendwie war ich doch ganz froh, dass uns das Haus nicht gehörte.

»Ach, und da wir gerade dabei sind«, sagte die Erste, »wenn ihr nächstes Jahr kommt, bringt ihr uns einen Schnellkochtopf mit, ja? Bitte, dann brauchen die getrockneten Bohnen nicht so lange. Und Schweizer Schokolade, diese dreieckige mit den Honigplocken drin. Die esse ich so gern.«

»Und wenn es nicht allzu viel Mühe macht, bitte

ein Stück deutsche Fleischwurst«, sagte die andere. »Weil die so schmackhaft ist. Es kann auch gern
ein Doppelpack sein, das teilen wir uns dann. Das
war es auch schon.«

»Aber«, warf die Dritte hastig ein. »Vielleicht
noch Rheumasalbe, die gibt es bei euch doch so
günstig.« Sepp grinste, als meine Mutter ihm die
Liste Wort für Wort übersetzte. Sie grinste auch.
Die armen Tanten.

Ich ging in mein Zimmer, um mich umzuziehen.
Dede und Anneanne würden bald kommen, und
ich wollte vorher eine Runde schwimmen.

»Wo hast du ihn denn zuletzt gesehen?«, fragte
meine Mutter, als ich mit meinen Badesachen herauskam.

»Wen?«, fragte ich.

»Meinen Pass«, knurrte Sepp, während er in
seiner Reisetasche wühlte. »Ich weiß genau, dass
ich ihn ins Seitenfach gesteckt habe, aber hier ist
er nicht.«

Meine Mutter verdrehte die Augen zur Decke
und begann ihre eigene Suche nach dem Ausweis.
Ich schlenderte zum Meer. Da waren sie alle.
Levent und Merrie, Osman, Nergis, Dilay und
Jale, Cavit, Ken und die Jungs aus dem Ort. Alle
Augen richteten sich auf mich.

»Hey«, rief Merrie, »wo warst du denn so lange? Hast du schon gepackt?«

»Nein«, verlegen breitete ich mein Handtuch neben Merries aus. Die Jungs, die ich nur flüchtig vom Sehen kannte, beobachteten mich neugierig, doch ich sah keinen von ihnen an. Ich wollte keine weitere Bekanntschaft.

»Du bist schön braun geworden«, sagte Levent auf Türkisch zu mir und fing sich gleich einen argwöhnischen Blick von Merrie ein. Cavit nickte. »Deine Augen kommen jetzt noch mehr raus.« Lale und Nergis kicherten.

»Danke«, sagte ich. Die Jungs rissen überrascht die Augen auf, weil ich Türkisch sprach.

»Da staunt ihr, was?«, schmunzelte Dilay. »Sie ist Türkin.«

Einem sah ich an, dass er sich nur allzu gern mit mir unterhalten hätte, deshalb ließ ich mein Tuch fallen und ging zum Wasser. Natürlich war mir klar, dass jetzt alle meinen Hintern anstarren und beurteilen würden.

Und obwohl ich mich schon ein bisschen schämte, stolzierte ich aufrecht und mit nur minimal schwingenden Hüften davon. Ich hörte sie hinter mir flüstern und lachen. Die konnten mich alle, dachte ich, ohne zu wissen, was sie vorhatten.

Denn bevor ich das Wasser erreicht hatte,

stürmte die ganze Meute johlend und kreischend hinter mir her. Ken und Cavit packten mich rechts und links am Arm und stürzten mit mir zusammen ins Meer, das immer noch eiskalt war. Auch die anderen Mädchen landeten da mehr oder weniger freiwillig, und dann folgte eine Wasserschlacht, wie ich sie noch nie erlebt hatte. So gnadenlos wild und lustig, dass wir vor lauter Wasserschlucken und Seitenstichen bald keine Luft mehr bekamen. Wir tauchten uns unter, bewarfen uns mit Sandbatzen, flohen vor der Rache der anderen und schrien uns heiser, wenn wir von den Jungs geschnappt wurden. Ich wusste nicht, wann ich das letzte Mal so einen Spaß gehabt hatte. Erschöpft und sehr zufrieden fielen wir alle danach am Ufer in den Sand.

»Go away«, Ken drängelte sich zwischen mich und einen Jungen. »That's my sister.« Merrie sah ihn misstrauisch an.

»Your sister?« Der Junge wollte sich ausschütten vor Lachen. »She's your girl, right?« Ken zuckte die Schultern und schob den anderen weg. Mein Herz fiel vom Trab in den Galopp. Es fühlte sich nicht schlecht an, nur eindeutig zu viel Publikum um uns herum.

»Hä, wie?« Osman guckte zwischen Ken und mir hin und her. »Bist du jetzt in sie verliebt, oder was?«

Merrie sperrte entsetzt den Mund auf, und ich hätte mich am liebsten in Luft aufgelöst. Das Gefühl war das eine, Ausposaunen das andere. »Ach, halt den Schnabel, Killerotter«, sagte Ken gelassen und sah aufs Meer. Es schien ihm kaum etwas auszumachen. Mir schon. Zumal Levent mich mit einem seltsamen Blick bedachte. Auch Cavit wirkte verunsichert. Es gefiel ihnen nicht, was sie von mir mitbekamen, das war klar. Sie waren davon ausgegangen, dass ich jetzt mit Sayan zusammen war und mich entsprechend verhalten würde. Doch nun ahnten sie, dass es anders lief als erwartet. Auch wenn sie nicht alles verstanden, fühlten sie sich stellvertretend für Sayan gekränkt, weil ich dabei war, ihn zu verraten. Ihn zu betrügen. Einen direkten Vorwurf konnten sie mir aber auch nicht machen, weil sie wussten, dass es ihnen nicht zustand, und weil weder wir richtig miteinander befreundet waren, noch sie mit Sayan. So begnügten sie sich mit herablassenden Blicken. Und ich wollte nicht wissen, was sie dachten. Auch Merries dunkle Augen funkelten gereizt. Jale und Dilay schmunzelten in den Sand vor sich. Alle fragten sich sicher, was das zu bedeuten hatte. Nergis kicherte, verstand gar nichts, und ich war von den Haarwurzeln bis in die Zehenspitzen am Ende. Ich wollte nicht schlecht vor den anderen dastehen, ich wollte nicht, dass sie mich für leichtfertig hielten oder für mies, aber ich konnte nichts dagegen tun. Am liebsten wäre ich weggelaufen. Doch das hätte noch mehr Anlass zum Lästern gegeben. Außerdem hätten das meine weichen Knie nicht mitgemacht.

Merrie drehte Levents Kopf zu sich und küsste ihn auf den Mund. Ich wusste sofort, dass sie nur seine Aufmerksamkeit erregen wollte, und merkte, dass es Levent nicht passte, schon gar nicht vor uns. Er löste sich sofort von ihr, legte aber seinen Arm um sie. Eine peinliche Stille entstand, stumpf guckten wir in die Gegend, ohne dass jemand verstand, was vor sich ging. Osman war der Erste, der es nicht mehr aushielt.

»Wir machen nachher Lagerfeuer«, strahlte er. »Zum Abschied.«

»Ach ja«, bestätigte Merrie. »Das wisst ihr ja noch gar nicht. Haben wir beschlossen, als ihr … ähm, weg wart.«

»Wo?«, fragte ich.

»Na, hier am Strand«, sagte Osman aufgeregt. »Wir wollen die große Wurzel verbrennen, das gibt 'ne Stichflamme bis in den Himmel!«

»Och nee!«, protestierte ich. »Nicht die!«

»Die brennt doch drei Tage«, sagte Ken.

»Na und?« Osman sprang auf und lief zu meinem Strandsitz hinüber. »Ist doch toll!«

»Geh du mal lieber Holz sammeln«, rief ich Osman zu. »Das Teil kriegt ihr ohne Kleinholz eh nicht an.«

»Nö!« Osman schüttelte den Kopf. »Die reicht.«

Aus den Augenwinkeln sah ich gerade noch, wie sich Ken mit den anderen Jungs verständigte. Im nächsten Moment hatten sie uns Mädchen schon wieder gepackt und schleiften uns unter Gestrampel und Geschreie zum Wasser. Natürlich von Osman begeistert angefeuert, bis er, von Cavit eingefangen, selbst dran glauben musste. Obwohl es nicht so ausgelassen war wie beim ersten Mal, hatten wir trotzdem viel zu lachen. Cavit und Levent hielten Abstand zu mir, und das war in Ordnung so. Ich verstand sie sogar, aber ich musste es nicht ihnen recht machen, sondern mir selbst. In den letzten Tagen hatte Ken mich durcheinandergebracht, verwirrt und sehr aufgewühlt. Immer wieder aufs Neue. Ich musste das erst mal sortieren. Mir war nur bewusst, dass er mir etwas geschenkt hatte, das ich mir durch nichts und niemanden nehmen lassen würde. Ganz egal, was jetzt geschah.

20
Wellengewaschene
Ewigkeit

Meine Hände zitterten so, dass auf meinem Augenlid eine Zickzacklinie anstelle eines sauberen Strichs entstand. Seufzend griff ich zum dritten Wattestäbchen, wischte alles wieder ab und begann von neuem. Doch auch jetzt gelang es mir nicht, die Hand ruhig zu halten. Ich fluchte leise. Wenn es drauf ankam, klappte nichts auf Anhieb. Und wenn ich jetzt nicht vorsichtig war, würde ich mir den Pinsel noch durchs Auge ziehen und für den Rest des Abends wie ein Karnickel aussehen.

»Was machst du denn da so lange?« Merrie klopfte erneut an die Badezimmertür. »Dilay, Jale und Nergis warten draußen, und die anderen sind alle schon unten!«

»Dann geht ihr halt«, rief ich durch die Tür. »Ich komme nach.«

»Okay.«

Ich wischte die schwarzen Zacken zum letzten Mal weg und beschloss, nur meine Wimpern zu tuschen. Dann zog ich einen Rock und ein rückenfreies Top an, das im Nacken geknotet wurde. Meine Haare fielen lang und rot darüber. Zufrieden drehte ich mich im Spiegel. Einen kleinen Stich gaben mir die goldenen Flügel an meinem Hals, aber ich wollte sie nicht abnehmen. Sie gehörten schon zu sehr zu mir. Und sie passten gut zu den neuen Ohrringen, die mir Dede und Anneanne zum Abschied geschenkt hatten. Mit meiner Mutter waren wir zu viert in den Ort gefahren, hatten ein Eis gegessen und die Auslagen eines Juweliers bewundert. Nicht ohne Folgen. Dede hatte mir Ohrringe gekauft und meiner Mutter eine goldene Münze, die sie dem Baby später als Glücksbringer anstecken sollte. Von dem Büyü-Zauber war keine Rede mehr gewesen, und wir konnten uns wie gewohnt liebevoll von Dede und Anneanne verabschieden.

Als ich auf die Terrasse kam, hatten sich meine Mutter und Sepp zusammen auf die Liege gekuschelt. Sepp hielt den Bauch meiner Mutter, und sie lächelte. »Feiert ihr noch ein bisschen?«

»Ja.«

»Viel Spaß.«

Ich nickte. Sepp sah mich an.

»Sag Ken bitte, dass ich das mit dem Bier weiß. Und dass er …« Lautes Motorengeräusch unterbrach ihn.

»Das ist Mustafa mit der verflixten Dieselmaschine.« Meine Mutter sprang auf. »Ausgerechnet am letzten Abend muss er uns noch die Luft verpesten. Jannah, hilf mal schnell!«

Eilig rannten wir drei durchs Haus und schlossen alle Fenster und Türen. Während wir hinter der Terrassentür warteten, wurde das Motorengeräusch immer lauter, und dicker weißer Qualm wälzte sich zwischen den Häusern hindurch. Mittendrin Mustafa, der aus einem Plastikrohr Abgase in die Gegend pustete. Fassungslos schüttelte Sepp den Kopf.

»Das kann doch nicht wahr sein«, stöhnte er. »So etwas gibt's doch gar nicht!«

»Dafür wirst du heute Nacht nicht von den Mücken geplagt«, sagte meine Mutter und tätschelte seinen Rücken. »Alle hin.«

»Wetten, die armen Tiere haben sich in unserem Schlafzimmer verschanzt?«

Ich wartete noch etwa zehn Minuten, bis sich der Qualm verzogen hatte, und schlüpfte dann hinaus. Ohne Luft zu holen, sprintete ich aus der Anlage, und erst als ich schon Sand an den Füßen hatte, atmete ich tief aus. Hier roch es nur nach Salz und Meer und Feuer.

In der Nähe des Ufers, dort wo die Wurzel lag, züngelten Flammen in den dunklen Himmel. Sie hatten sie also doch in Brand gesteckt. Meinen sandgestrahlten, wellengewaschenen, sonnengewärmten Meeressitz. Langsam wanderte ich zu ihnen hinüber. Im flackernden Schein des Feuers prüfte ich ihre Gesichter. Wie war die Stimmung? Wie würden sie mich aufnehmen? Cavit, Osman, Merrie, Levent, Jale, Nergis und Dilay, die Jungs aus dem Ort. Und Ken. Natürlich Ken. Er lag ausgestreckt auf einem Handtuch und lächelte. Und es machte *sssssst* durch mich hindurch. Damit war alles andere unwichtig.

Ich grüßte freundlich in die Runde und stellte erstaunt fest, dass es keine feindseligen Blicke mehr gab. Cavit und Levent unterhielten sich mit Merrie, sie genoss deren ungeteilte Aufmerksamkeit. Jale und Dilay lachten mit einem Jungen aus dem Ort, und Nergis wurde von Osman und zwei anderen Jungs aufgezogen, weil sie nicht wusste, wie die Hauptstadt von Deutschland heißt. Niemand schenkte mir besondere Beachtung. Das erleichterte mich. Ken machte eine einladende Kopfbewegung. »Kommst du zu mir?«

Schmunzelnd betrachtete er mich von oben bis unten. Ich sagte nichts, sondern setzte mich in den Sand neben ihn. Er richtete sich auf und rückte ein Stück zur Seite, um mir Platz auf seinem Handtuch zu machen.

»Alles okay?«

»Ja.«

Osman wechselte von Nergis zu mir und pflanzte sich auf die freie Stelle neben Ken. »Mustafa hat wieder rumgedieselt«, sagte er. »Ich hab's von hier gesehen. Der Dampf ist bis in den Himmel hoch.« Interessiert sah er mich an. »Hast du was abgekriegt? Da ist so was Schwarzes an deinen Augen.«

»Nein Osman, ich habe nichts abgekriegt. Wir waren im Haus.«

»Ach so«, Osman war enttäuscht, dass ich keine spektakuläre Vergiftung vorzuweisen hatte.

Cavit stand auf. »Ich hole mal die Boxen«, sagte er auf Englisch. Die Jungs nickten zustimmend.

»Hast du vernünftige Musik drauf?«, fragte Levent auf Türkisch. »Nicht, dass wir uns blamieren.«

»Keine Sorge«, grinste Cavit und verschwand.

Ich guckte zu Merrie rüber. Gelbrote Flammen tanzten vor ihrem dunklen Gesicht. Sie saß auf der anderen Seite des Feuers und fing meinen Blick sofort auf. Wir sahen uns an, ohne zu blinzeln. Merrie und ich. Schwestern wider Willen. So unterschiedlich, wie zwei Menschen nur sein können. Ihre Augen waren abgründig, geheimnisvoll und bildschön. *Was denkst du?*, fragte ich stumm.

Weiß ich noch nicht, antwortete sie. *Kommt drauf an, was du vorhast.*

Ich habe nichts vor, sagte ich. *Ich lasse jetzt los. Vielleicht nicht die schlechteste Lösung,* sagte sie, und ein Lächeln breitete sich auf ihrem Gesicht aus. *Ja, tu das.*

Danke, sagte ich und lächelte ebenfalls.

Schon gut, Shetani.

»Was macht ihr da?« Amüsiert sah Ken von mir zu Merrie. »Telepathie, oder was?«

»Das verstehst du nicht«, grinste ich mit Blick auf Merrie. »Frauengespräche.«

»Da«, schrie Osman so plötzlich, dass wir alle zusammenfuhren. Mit ausgestrecktem Arm zeigte er in den Himmel. »Ich hab eine Sternschnuppe gesehen, eine voll fette!«

Er sprang auf und schloss die Augen. »Seid still!«, befahl er. »Ich muss mir was wünschen!«

Cavit kam mit den Boxen zurück. Er schloss sein Handy an, und kurz darauf brummten die Bässe über den Strand. Bei den ersten Tönen begann Osman bereits aufgeregt herumzuhopsen. Er machte Verrenkungen im Takt der Musik und schnitt Grimassen, mit denen er uns zum Lachen brachte. Dann wollte er Nergis auffordern, doch sie ließ sich nicht bewegen. Und auch sonst keiner von uns. Er versuchte es bei jedem, so lange, bis seine Oma erschien, um ihn abzuholen. Osman protestierte lautstark, doch sie blieb standhaft, und unter einer bösen Schimpfkanonade zog unser Killerotter ab. Auch wenn wir insgeheim froh darüber waren, fehlte er dann doch.

Ich lehnte mich zurück, weil ich in den Himmel gucken und vielleicht auch eine Sternschnuppe sehen wollte. Ken bot mir seinen Oberschenkel als Kissen an. Vorsichtig ließ ich meinen Kopf auf sein Bein sinken. Es war ein bisschen zu hoch, um bequem zu sein, und für eine Sekunde dachte ich, dass gerade alles zu viel war.

Warmer Sand und Kens Bein unter mir, Feuer, Musik, das Meer und Kens Arm neben mir, der Sternenhimmel und Kens Gesicht über mir.

Ich hörte, wie sich die anderen unterhielten, hätte aber nicht sagen können, ob sie uns beobachteten oder nur mit sich beschäftigt waren.

Es war auch egal. Wichtig war etwas ganz anderes. Ken und ich. Zwischen ihm und mir breitete sich eine wortlose Ruhe aus, eine wohlige Stille, einfach so. Das Schweigen war eine Seidenraupe, die ihren dichten Kokon um uns spann und uns von allem abschirmte. Als seine Fingerspitzen meine berührten, gab es einen Funken. Ein winziges Aufblitzen. Und ein seltsam taubes Gefühl an der Stelle, als hätte ich einen Schlag bekommen. Wir lächelten uns an.

Ken drehte sich zum Meer, von den anderen weg. Mich nahm er dabei mit. Ich legte meinen Kopf auf die Seite, so dass wir beide in die Ferne sehen konnten. Spielerisch griff er nach einer meiner Haarsträhnen und kitzelte mich damit am Ohr.

»Soll ich dir was sagen?«, flüsterte er kaum hörbar.

Ich antwortete nicht. Sah ihn nicht mal an. Konnte mich nicht rühren.

»Es ist mir scheißegal, in wen du verliebt bist.«

Ich sagte immer noch nichts, obwohl es in mir brodelte und zischte wie in einer Hexenküche.

Beim nächsten Lied setzten wir uns auf. Ken zog mich hoch.

Er begann zu tanzen, mit meinen Händen in seinen, drehte mich um sich und sich um mich. So weich, so zärtlich und langsam im Takt, dass mir schwindelig wurde. Dabei hielt er seinen Blick auf mich gerichtet. Tunnel mit Einbahnstraße. Kein Ausweichen. Kein Wenden. Selbst wenn ich gewollt hätte, es gab nur diese schwarzen Augen, es gab nur diese eine Richtung. Ich überließ mich dem Rhythmus, seinen ausgestreckten Händen, an denen meine von selbst haften blieben, und seiner Wange, die ich in meinen Träumen schon so oft berührt hatte. Ich sah das Feuer, das durch die großen Scheite, die sie gesammelt und reingelegt hatten, knisternd aufloderte. Ich sah die Gesichter der anderen, bis zur Unkenntlichkeit verzerrt durch die Flammen da draußen, im Irgendwoanders. In der anderen Welt. Außerhalb unseres Kokons. Ich sah Ken, wie er sich neben mir bewegte, wie seine Finger meinen Arm entlangstrichen. Ich sah ihn und mich. Das war es. Das war es immer gewesen. Das war es, was ich immer gewollt hatte. Ich schloss die Augen, um nichts von diesem kostbaren Moment zu vergeuden. Keine Sekunde. Kens Fingerspitzen an meinem Hals, sein Flüstern, sein leises Singen. Und dann sein Mund ganz dicht an meinem, so dicht, dass ich zuckte.

Lächelnd wich er zurück, tänzelte um mich herum und griff wieder nach meiner Hand, mit der er mich an sich zog. Noch fester als zuvor. Sein Duft umhüllte mich wie olivgrüne Seide. Ich schmiegte mich in seine Arme und verstand auf einmal den Satz aus König der Löwen, als jemand sagt: *»Zum Sterben schön.«* Genauso war es. Zum Sterben schön. Ich hätte nichts dagegen gehabt, jetzt vom Blitz getroffen zu werden. Das konnte man nicht mehr steigern. Dachte ich, bis er mich küsste.

Das Meer sang für uns. Ich hörte es durch eine Muschel rauschen. Welle für Welle schlug an mein

Herz. Oder war es sein Herz, das an meins schlug?
Als ein Stern vor uns in die Ewigkeit stürzte, hielt
die Welt an. Festhalten. Bitte. Jetzt. Für. Immer.

ENDE

Glossar

Afiyet olsun!   guten Appetit!

Anne   Mutter, Mama

Anneanne   Oma mütterlicherseits, *wörtlich:*
Mutters Mutter

Ayran   salziges Getränk aus Joghurt und Wasser,
erfrischend an heißen Tagen

Baba   Vater, Papa

Ben seni seviyorum   ich liebe dich

Benim   meiner

Bey   Herr, steht nach dem Vornamen, z. B. Zia Bey
heißt Herr Zia

Bismillahâhirrahmanirrâhim   *wörtlich übersetzt:*
im Namen Allahs, des Barmherzigen. Es ist ein Gebet,
ein Versprechen und eine Bitte gleichzeitig und bedeu-
tet, jede Handlung im Namen Allahs zu verrichten,
seinen Schutz und seine Unterstützung zu erbitten

Büyü-Zauber   In der Türkei werden viele
magische Rituale unter dem Oberbegriff »Büyü«
(Zauber) zusammengefasst.

Cacık   *gesprochen:* Dschadschık, Joghurt mit
Knoblauch und Gurkenstücken

Dede   Großvater

Erik türkische Mirabellensorte, die man in unreifem Zustand mit Salz isst

Gazos *gesprochen:* Gasos, türkische Limonade, die ein bisschen nach Kaugummi schmeckt

Geçmiş olsun gute Besserung, *wörtlich:* Möge es vorbei sein

Günaydın guten Morgen

Güzelim meine Schöne

Hanım Teyze Frau Tante, höfliche Anrede für ältere Damen, steht nach dem Vornamen

Humus pikantes Kichererbsenmus

Kızım mein Mädchen

Maşallah *gesprochen:* Maschalla, bewundernder Ausdruck: Donnerwetter! Großartig!

Milas Kleinstadt nordöstlich von Bodrum

Şerefe! *gesprochen:* Scherefe. Prost!

Teyze höfliche Form von »Tante«

Vallah bei Gott!, im Sinne von »wirklich« Wasser hinter den Abreisenden herschütten: ein alter türkischer Brauch, der den Reisenden eine gute Fahrt und eine reibungslose Rückkehr ermöglichen soll

Inhalt

Bunter geht's nicht: die Multi-kulti-Chaos-Liebes-Trilogie!

Deniz Selek
**Kismet – Oliven
bei Vollmond**
Band 81072

Deniz Selek
**Kismet – Köfte
in Flipflops**
Band 81168

Deniz Selek
**Kismet – Couscous
mit Herzklopfen**
Band 81169

Das gesamte Programm gibt es unter
www.fischerverlage.de

fi 555 138 / 1

Die berührende Suche eines Mädchens nach ihrem Vater und die Geschichte einer ersten Liebe

Eve fliegt mit ihrer Mutter nach Istanbul, um ihren Vater ausfindig zu machen. Fünfzehn Jahre lang hat ihre Mutter alle Fragen nach ihm abgeblockt. Als er dann tatsächlich vor Eve steht, hat sie das Gefühl, endlich den fehlenden Teil ihrer Identität gefunden zu haben. Und dann ist da auch noch ihr Dolmetscher Sinan, in den sie sich Hals über Kopf verliebt …

Deniz Selek
Aprikosensommer
288 Seiten
Band 0066

Das gesamte Programm gibt es unter
www.fischerverlage.de

Zwei halbe Herzen ergeben ein ganzes

Mit einem neuen Pickel auf der Nase fängt alles an, dann trennen sich Sahras Eltern, und die beste Freundin schnappt sich Sahras heimlichen Schwarm. Wer braucht denn so was? Sahra flieht in die offenen Arme ihrer geliebten Oma in Istanbul. Aber da ahnt sie noch nicht, dass der fünfzehnjährige Tiago, der neu an ihrer Schule ist, verdammt gut küssen kann ...

Eine berührende Geschichte über das Erwachsenenwerden, das Leben auf zwei Kontinenten und die Liebe.

Deniz Selek
Zimtküsse
282 Seiten, gebunden

Fischer Schatzinsel